les Manuscrits de Molière ayant été perdus, les éditions originales de ses pièces, faites sous ses yeux corrigées par lui ont acquis une [illegible] plusieurs [illegible] [illegible] édition [illegible] [illegible]

[illegible]sailles 1830

[illegible]emarsy

LESTOURDY

L'ESTOVRDY OV LES CONTRE-TEMPS,

COMEDIE.

REPRESENTÉE SVR LE Theatre du Palais Royal.

Par I. B. P. MOLIERE.

A PARIS,
Chez GABRIEL QVINET, au Palais, dans la Galerie des Prisonniers, à l'Ange Gabriel.

M. DC. LXIII.
AVEC PRIVILEGE DV ROY.

A MESSIRE
MESSIRE ARMAND IEAN DE RIANTS,
CHEVALIER, BARON de Riuerey, Seigneur de la Gallesierre, Oudangeau, & autres Lieux, Conseiller du Roy en tous ses Conseils, & Procureur de sa Majesté au Chastelet, Preuosté & Vicomté de Paris.

ONSIEUR,

Apres auoir long-temps cherché quelque chose qui fut digne *de vous estre offert, pour ne pas laisser eschaper aucune occasion de vous témoigner mes respects, & qui pût en mesme temps faire connoistre à tout le monde que i'ay essayé de rendre à vostre merite quelques marques particulieres de mon zele ; i'ay crû que vous ne desauoüriez pas l'*Estourdy ou les Contre-temps*, quand vous sçaurez que c'est vn Estourdy tout couuert de gloire, de s'estre fait admirer par la plus galante Cour du Monde, & qui a receu des auantages, que de plus prudens* *que luy ſe tiendroit glorieux d'auoir pû meriter ; toutes ces choſes là font voir qu'il y a de la difference entre luy, & ceux qui portent ſon nom ; Neantmoins ie crains qu'il ne perde aujourd'huy la haute reputation qu'il s'eſt acquiſe, quand on ſçaura qu'il vient à Contre-temps ſe preſenter à vous, & vous diuertir des grandes & ſerieuſes Occupations que vous donne l'illuſtre Charge que vous poſſedez, & qui demande que vous ayez ſoin de la plus celebre Ville de la Terre : Vous le faites, MONSIEVR, auec tant d'aplaudissement, & vous vous aquitez de cette Charge auec tant de gloire, que le Prince, & les peuples en sont également satisfaits; aussi chacun sçait-il que vous marchez sur les traces de vos Illustres Ayeuls, dont la Memoire ne perira iamais. Ouy, MONSIEVR, l'on se souuiendra tousiours de ce Denis de Riants, dont vous sortez, qui s'aquita si dignement pour luy, & pour tout le Monde, de la Charge d'Auocat General, & de Pre-*

sident au Mortier, qu'il possedoit dans le premier Parlement de France, & qui obligea cette Auguste Compagnie, de faire voir combien elle l'auoit tousiours estimé, lors qu'estant priée par ses Parens de se trouuer aux honneurs funebres que l'on luy deuoit rendre; elle répondit, par l'organe de son premier President, Qu'elle estoit bien marie du trépas d'vn Personnage de si grand sçauoir, & de si grande vertu, & qu'elle luy rendroit tout l'honneur qu'elle luy deuoit.

Apres cela, MONSIEVR, l'on peut iuger de la veneration que l'on a en France pour voſtre Nom, & s'y ſoûtenant, comme vous faite l'éclat & la gloire de vos Anceſtres, ie ne doit pas craindre de paſſer pour temeraire, en voulant faire voſtre Panegirique. L'on ſçait aſſez que leurs grandes actions & les voſtres, me fourniroient trop de matiere, s'il m'eſtoit permis de l'entreprendre; mais les voulant laiſſer à d'autres plus capables de les décrires, Ie ſeray ſatisfait, ſi ie puis vous persuader que ie suis, plus que personne du monde,

MONSIEVR,

Vostre tres-humble & tres obeïssant seruiteur,
BARBIN.

ACTEVRS.

LELIE, fils de Pandolfe.

CELIE, esclaue de Trufaldin.

MASCARILLE, valet de Lelie.

HYPOLITE, fille d'Anselme.

ANSELME, vieillard.

TLVFALDIN, vieillard.

PANDOLFE, vieillard.

LEANDRES fils de famille.

ANDRES, crû Egyptien.

ERGASTE, valet.

VN COVRRIER.

Deux Trouppes de Masques.

La Scene est à Messine.

L'ESTOVRDY
OV
LES CONTRETEMPS,
COMEDIE.

ACTE I.
SCENE PREMIERE.

LELIE.

HE bien ! Leandre, hé, bien ! il faudra contester;
Nous verrons de nous deux qui pourra l'emporter ;
Qui dans nos ſoins communs pour ce ieune miracle,
Aux vœux de ſon Riual portera plus d'obſtacle.
Preparez vos efforts, & vous defendez bien,
Seur que de mon coſté ie n'eſpargneray rien.

SCENE II.

LELIE, MASCARILLE.

LELIE.

AH ! Mascarille.

MASCARILLE.

Quoy :

LELIE.

Voicy bien des affaires;
I'ay dans ma passion toutes choses contraires:
Leandre ayme Celie, &, par vn trait fatal,
Malgré mon changement, est toûjours mon riual.

MASCARILLE.

Leandre ayme Celie !

LELIE.

Il l'adore, te dis-ie.

MASCARILLE.

Tant pis.

LELIE.

Hé ! ouy, tant pis, c'est là ce qui m'afflige.
Toutefois i'aurois tort de me desesperer,
Puisque i'ay ton secours ie puis me r'asseurer;
Ie sçay que ton esprit en intrigues fertile,
N'a iamais rien trouué qui luy fust difficile,
Qu'on te peut appeller le Roy des seruiteurs,
Et qu'en toute la terre......

MASCARILLE.

Hé, tréue de douceurs

Quand nous faisons besoin nous autres miserables,
Nous sommes les cheris & les incomparables,
Et dans vn autre temps, dés le moindre courroux,
Nous sõmes les coquins qu'il faut roüer de coups.

LELIE.

Ma foy, tu me fais tort auec cette inuectiue;
Mais enfin discourons vn peu de ma captiue,
Dy si les plus cruels & plus durs sentimens
Ont rien d'impenetrable à des traits si charmans:
Pour moy, dans ses discours, comme dans son visage,
Ie voy pour sa naissance vn noble témoignage,
Et ie croy que le Ciel dedans vn rang si bas,
Cache son Origine, & ne l'en tire pas.

MASCARILLE.

Vous estes romanesque auecque vos chimeres;
Mais que fera Pandolfe en toutes ces affaires,
C'est, Monsieur, vostre pere, au moins à ce qu'il dit,
Vous sçauez que sa bile assez souuent s'aigrit,
Qu'il peste contre vous d'vne belle maniere,
Quand vos deportemens luy blessent la visiere;
Il est auec Anselme en parole pour vous,
Que de son Hipolite on vous fera l'espoux,
S'imaginant que c'est dans le seul mariage,
Qu'il pourra rencontrer dequoy vous faire sage.
Et s'il vient à sçauoir que rebutant son choix
D'vn objet inconnu vous receuez les loix,
Que de ce fol amour la fatale puissance
Vous soustrait au deuoir de vostre obeïssance,
Dieu sçait quelle tempeste alors éclatera,
Et de quels beaux sermons on vous régalera.

LELIE.

Ah! tresue, ie vous prie, à vostre Rethorique.

MASCARILLE.

Mais vous, tréue plûtost à vostre Politique,

Elle n'est pas fort bonne, & vous deuriez tâcher.....

LELIE.

Sçais-tu qu'on n'acquiert rien de bon à me fâcher ?
Que chez moy les aduis ont de tristes salaires ?
Qu'vn valet conseiller y fait mal ses affaires?

MASCARILLE.

Il se met en courroux ! tout ce que i'en ay dit
N'estoit rien que pour rire, & vous sonder l'esprit ?
D'vn censeur de plaisirs ay-ie fort l'encolure ?
Et Mascarille est-il ennemy de nature ?
Vous sçauez le contraire, & qu'il est tres-certain,
Qu'on ne peut me taxer que d'estre trop humain.
Moquez-vous des sermõs d'vn vieux barbon de pere;
Poussez vostre bidet, vous dis-ie, & laissez faire;
Ma foy i'en suis d'auis, que ces penards chagrins,
Nous viennent étourdir de leurs contes badins,
Et vertueux par force, esperent par enuie,
Oster aux ieunes gens les plaisirs de la vie.
Vous sçauez mon talent, ie m'offre à vous seruir.

LELIE.

Ah ! c'est par ces discours que tu peux me rauir.
Au reste, mon amour, quand ie l'ay fait parestre,
N'a point esté mal veu des yeux qui l'ont fait naître;
Mais Leandre à l'instant vient de me déclarer
qu'à me rauir Celie il se va preparer.
C'est pourquoy dépeschons, & cherche dãs ta teste
Les moyens les plus prõpts d'en faire ma conqueste.
Treuue ruses, destours, fourbes, inuentions,
Pour frustrer vn riual de ses pretentions.

MASCARILLE.

Laissez-moy quelque temps réuer à cette affaire.
Que pourrois-ie inuenter pour ce coup necessaire?

LELIE.

Hé bien? le stratagesme?

MASCARILLE.

Ah ! comme vous courez !
Ma ceruelle tousiours marche à pas mesurez.
I'ay treuué vostre fait, il faut..... non, ie m'abuse;
Mais, si vous alliez.....

LELIE.

Ou ?

MASCARILLE.

C'est vne foible ruse.
I'en songeois vne.

LELIE.

Et quelle ?

MASCARILLE.

Elle n'iroit pas bien.
Mais ne pourriez-vous pas?.....

LELIE.

Quoy ?

MASCARILLE.

Vous ne pourriez rien.
Parlez auec Anselme.

LELIE.

Et que luy puis-ie dire?

MASCARILLE.

Il est vray, c'est tomber d'vn mal dedans vn pire.
Il faut pourtant l'auoir. Allez chez Trufaldin.

LELIE.

Que faire ?

MASCARILLE.

Ie ne sçay.

LELIE.

C'en est trop à la fin ;
Et tu me mets à bout par ces contes friuoles.

MASCARILLE.

Monsieur, si vous auiez en main force pistoles,

Nous n'aurions pas besoin maintenant de réuer,
A chercher les biays que nous deuons trouuer;
Et pourrions, par vn prompt achat de cette esclaue,
Empécher qu'vn riual vous preuienne & vous braue.
De ces Egyptiens qui la mirent icy,
Trufaldin qui la garde est en quelque soucy,
Et trouuant son argent qu'ils luy fōt trop attendre,
Ie sçay bien qu'il seroit tres-rauy de la vendre:
Car enfin en vray ladre il a toûjours vescu,
Il se feroit fesser, pour moins d'vn quart d'escu;
Et l'argent est le Dieu que sur tout il reuere:
Mais le mal c'est.....

LELIE.

Quoy? c'est?

MASCARILLE.

Que Monsieur vostre pere
Est vn autre vilain qui ne vous laisse pas,
Comme vous voudriez bien, manier ses ducats:
Qu'il n'est point de ressort qui pour vôtre ressource,
Peut faire maintenant ouurir la moindre bourse:
Mais tâchons de parler à Celie vn moment,
Pour sçauoir là dessus quel est son sentiment.
La fenestre est icy.

LELIE.

Mais Trufaldin pour elle,
Fait de nuict & de iour exacte sentinelle;
Prends garde.

MASCARILLE.

Dans ce coin demeurons en repos
O! bon-heur! la voila qui paroist à propos.

SCENE III.

LELIE, CELIE, MASCARILLE.

LELIE.

AH ! que le Ciel m'oblige, en offrant à ma veuë
Les celestes attraits dont vous estes pourueuë !
Et, quelque mal cuisant que m'ayent causé vos yeux,
Que ie prens de plaisir à les voir en ces lieux!

CELIE.

Mon cœur qu'auec raison vostre discours estonne,
N'entend pas que mes yeux fassent mal à personne ;
Et, si dans quelque chose ils vous ont outragé,
Ie puis vous asseurer que c'est sans mon congé.

LELIE.

Ah ! leurs coups sont trop beaux pour me faire vne iniure,
Ie mets toute ma gloire à cherir ma blessure,
Et.....

MASCARILLE.

Vous le prenez là d'vn ton vn peu trop haut ;
Ce style maintenant n'est pas ce qu'il nous faut ;
Profitons mieux du temps, & sçachons viste d'elle
Ce que....

TRVFALDIN *dans la maison.*

Celie.

MASCARILLE.

Hé bien ?

LELIE.

O! rencontre cruelle,
Ce mal-heureux vieillard deuoit-il nous troubler!

MASCARILLE.

Allez, retirez-vous; ie sçauray luy parler.

SCENE IV.

TRVFALDIN, CELIE, MASCARILLE, & LELIE retiré dans vn coin.

TRVFALDIN.

QVe faites-vous dehors? & quel soin vous talonne,
Vous à qui ie deffend de parler à personne.

à Celie.

Autrefois i'ay connu cét honneste garçon;
Et vous n'auez pas lieu d'en prẽdre aucun soupçon.

MASCARILLE.

Est-ce là le Seigneur Trufaldin?

CELIE.

Ouy, luy-mesme.

MASCARILLE.

Monsieur, ie suis tout vostre, & ma ioye est extréme,
De pouuoir salüer en toute humilité,
Vn homme dont le nom est par tout si vanté.

TRVFALDIN.

Tres-humble seruiteur.

MASCARILLE.

I'incommode peut-eſtre;
Mais ie l'ay veuë ailleurs, ou m'ayant fait cōnoiſtre,
Les grans talens qu'elle a pour ſçauoir l'auenir,
Ie voulois ſur vn poinct vn peu l'entretenir.

TRVFALDIN.

Quoy! te mélerois-tu d'vn peu de diablerie?

CELIE.

Non, tout ce que ſçay n'eſt que blanche magie.

MASCARILLE.

Voicy donc ce que c'eſt. Le Maiſtre que ie ſers,
Languit pour vn objet qui le tient dans ſes fers;
Il auroit bien voulu du feu qui le deuore
Pouuoir entretenir la beauté qu'il adore:
Mais vn dragon veillant ſur ce rare threſor
N'a pû, quoy qu'il ait fait, le luy permettre encor,
Et, ce qui plus le geſne & le rend miſerable,
Il vient de découurir vn riual redoutable;
Si bien que, pour ſçauoir ſi ſes ſoins amoureux,
Ont ſujet d'eſperer quelque ſuccez heureux,
Ie viens vous conſulter, ſeur que de voſtre bouche,
Ie puis aprendre au vray le ſecret qui nous touche.

CELIE.

Sous quel Aſtre ton Maiſtre a-t-il receu le iour.

MASCARILLE.

Sous vn Aſtre à iamais ne changer ſon amour.

CELIE.

Sans me nommer l'objet pour qui ſon cœur ſoûpire,
La ſçience que i'ay m'en peut aſſez inſtruire;
Cette fille a du cœur, & dans l'aduerſité,
Elle ſçait conſeruer vne noble fierté,
Elle n'eſt pas d'humeur à trop faire connoiſtre,
Les ſecrets ſentimens qu'en ſon cœur on fait naître;

Mais ie les sçay cõme elle, & d'vn esprit plus doux,
Ie vais en peu de mots vous les découurir tous.

MASCARILLE.

O! merueilleux pouuoir de la vertu magique!

CELIE.

Si ton Maistre en ce poinct de constance se pique,
Et que la vertu seule anime son dessein,
Qu'il n'aprehende pas de soûpirer en vain;
Il a lieu d'esperer, & le fort qu'il veut prendre
N'est pas sourd aux traitez, & voudra bien se rẽdre.

MASCARILLE.

C'est beaucoup; mais ce fort dépẽd d'vn gouuerneur
Difficile à gagner.

CELIE.

C'est là tout le mal-heur.

MASCARILLE.

Au diable le fâcheux qui toûjours nous éclaire.

CELIE.

Ie vais vous enseigner ce que vous deuez faire.

LELIE *les ioignant*.

Cessez, ô! Trufaldin, de vous inquieter,
C'est par mon ordre seul qu'il vous vient visiter;
Et ie vous l'enuoyois ce seruiteur fidelle,
Vous offrir mon seruice, & vous parler pour elle,
Dont ie vous veux dans peu payer la liberté,
Pourueu qu'entre nous deux le prix soit arresté.

MASCARILLE.

La peste soit la beste.

TRVFALDIN.

Ho! Ho! qui des deux croire,
Ce discours au premier est fort contradictoire.

MASCARILLE.

Monsieur, ce galant-homme a le cerueau blessé;
Ne le sçauez-vous pas?

TRVFALDIN.

Ie sçay ce que ie sçay;
I'ay crainte icy dessous de quelque manigance:
Rentrez, & ne prenez iamais cette licence:
Et vous filoux fieffez, ou ie me trompe fort,
Mettez pour me ioüer vos flutes mieux d'accord.

MASCARILLE.

C'est bien fait; ie voudrois qu'encor sans flatterie,
Il nous eust d'vn baston chargez de compagnie;
A quoy bon se montrer? & comme vn Estourdy,
Me venir dementir de tout ce que ie dy.

LELIE.

Ie pensois faire bien.

MASCARILLE.

Ouy, c'estoit fort l'entendre;
Mais quoy, cette action ne me doit point surprẽdre.
Vous estes si fertile en pareils Contretemps,
Que vos escarts d'esprit n'étonnent plus les gens.

LELIE.

Ah! mon Dieu, pour vn rien me voila bien coupable,
Le mal est-il si grand qu'il soit irreparable?
Enfin, si tu ne mets Celie entre mes mains,
Songe au moins de Leandre à rompre les desseins,
Qu'il ne puisse acheter auant moy cette belle,
De peur que ma presence encor soit criminelle,
Ie te laisse.

MASCARILLE.

Fort bien. A dire vray, l'argent;
Seroit dans nostre affaire vn seur & fort agent;
Mais ce ressort manquant, il faut vser d'vn autre.

SCENE V.

ANSELME, MASCARILLE.

ANSELME.

PAr mon chef, c'est vn siecle étrange que le nôtre!
I'en suis cõfus; iamais tãt d'amour pour le bien,
Et iamais tant de peine à retirer le sien.
Les debtes aujourd'huy, quelque soin qu'on employe,
Sont comme les enfans que l'on conçoit en ioye,
Et dont auecque peine on fait l'acouchement;
L'argent dans vne bource entre agreablement:
Mais le terme venu que nous deuons le rendre,
C'est lors que les douleurs commencent à nous prendre;
Baste ce n'est pas peu que deux mille francs deus,
Depuis deux ans entiers me soient enfin rendus;
Encore est-ce vn bon-heur.

MASCARILLE.

O! Dieu, la belle proye
A tirer en volant! chut: il faut que ie voye,
Si ie pourrois vn peu de pres le carresser.
Ie sçay bien les discours dont il le faut bercer.
Ie viens de voir, Anselme.....

ANSELME.

Et qui?

MASCARILLE.

Vostre Nerine.

ANSELME.

ANSELME.

Que dit-elle de moy cette gente assassine?

MASCARILLE.

Pour vous elle est de flâme.

ANSELME.

Elle?

MASCARILLE.

Et vous ayme tant,
Que c'est grande pitié.

ANSELME.

Que tu me rends contant!

MASCARILLE.

Peu s'en faut que d'amour la pauurette ne meure;
Anselme, mon mignon, crie-t'elle, à toute heure,
Quand est-ce que l'hymen vnira nos deux cœurs?
Et que tu daigneras esteindre mes ardeurs?

ANSELME.

Mais pourquoy iusqu'icy me les auoir celées?
Les filles, par ma foy, sont bien dissimulées!
Mascarille, en effet, qu'en dis-tu? quoy que vieux,
I'ay de la mine encore assez pour plaire aux yeux.

MASCARILLE.

Ouy, vrayment, ce visage est encor fort mettable;
S'il n'est pas des plus beaux, il est desagreable.

ANSELME.

Si bien donc......

MASCARILLE.

Si bien donc qu'elle est sotte de vous;
Ne vous regarde plus......

ANSELME.

Quoy?

MASCARILLE.

Que comme vn espoux:
Et vous veut.......

ANSELME.

Et me veut......

MASCARILLE.

Et vous veut, quoy qu'il tienne,
Prendre la bource.

ANSELME.

La?

MASCARILLE.

La bouche auec la sienne.

ANSELME.

Ah! ie t'entends. Viença, lors que tu la verras,
Vante luy mon merite autant que tu pourras.

MASCARILLE.

Laissez-moy faire.

ANSELME.

A Dieu.

MASCARILLE.

Que le Ciel te conduise.

ANSELME.

Ah! vrayment ie faisois vne estrange sottise,
Et tu pouuois pour toy m'accuser de froideur:
Ie t'engage à seruir mon amoureuse ardeur,
Ie reçois par ta bouche vne bonne nouuelle,
Sans du moindre present recompenser ton zele;
Tien, tu te souuiendras......

MASCARILLE.

Ah! non pas, s'il vous plaist.

ANSELME.

Laisse moy.

MASCARILLE.

Point du tout, i'agis sans interest.

ANSELME.

Ie le sçay; mais pourtant......

MASCARILLE.

Non Anſelme, vous dis-ie ;
Ie ſuis homme d'honneur, cela me deſoblige.

ANSELME.

Adieu donc, Maſcarille.

MASCARILLE.

O ! long diſcours !

ANSELME.

Ie veux
Regaler par tes mains cét objet de mes vœux ;
Et ie vais te donner dequoy faire pour elle
L'achapt de quelque bague, ou telle bagatelle
Que tu trouueras bon.

MASCARILLE

Non, laiſſez voſtre argent,
Sans vous mettre en ſoucy, ie feray le preſent ;
Et l'on m'a mis en main vne bague à la mode,
Qu'apres vous payerez ſi cela l'accommode.

ANSELME.

Soit, donne la pour moy ; mais ſur tout fay ſi bien,
Qu'elle garde toûjours l'ardeur de me voir ſien.

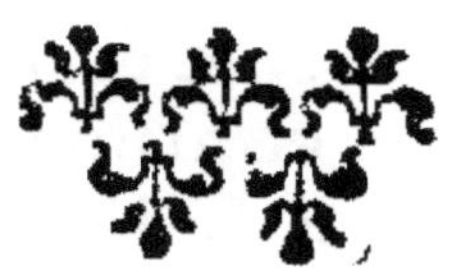

SCENE VI.

LELIE, ANSELME, MASCARILLE.

LELIE.

A Qui la bource ?

ANSELME

Ah ! Dieux, elle m'estoit tombée,
Et i'aurois apres crû qu'on me l'eust dérobée ;
Ie vous suis bien tenu de ce soin obligeant,
Qui m'épargne vn grand trouble, & me rend mon argent :
Ie vay m'en décharger au logis tout à l'heure.

MASCARILLE.

C'est estre officieux, & tres-fort, ou ie meure.

LELIE.

Ma foy, sans moy, l'argent estoit perdu pour luy.

MASCARILLE.

Certes, vous faites rage, & payez aujourd'huy
D'vn iugement tres-rare, & d'vn bonheur extréme.
Nous auancerons fort, continuez de mesme.

LELIE.

Qu'est-ce donc ? qu'ay-ie fait ?

MASCARILLE.

Le sot, en bon françois,
Puis que ie puis le dire, & qu'enfin ie le dois.
Il sçait bien l'impuissance où son pere le laisse,
Qu'vn riual qu'il doit craindre étrangement nous presse,

Cependant quand ie tente vn coup pour l'obliger,
Dont ie cours tout ſeul la honte & le danger......

LELIE.

Quoy! c'eſtoit!....

MASCARILLE.

Ouy, bourreau, c'eſtoit pour la captiue,
Que i'attrapois l'argent dõt voſtre ſoin nous priue.

LELIE.

S'il eſt ainſi i'ay tort; mais qui l'euſt deuiné.

MASCARILLE.

Il falloit, en effet, eſtre bien rafiné.

LELIE.

Tu me deuois par ſigne aduertir de l'affaire.

MASCARILLE.

Ouy, ie deuois au dos auoir mon luminaire;
Au nom de Iupiter, laiſſez nous en repos,
Et ne nous chantez plus d'impertinans propos:
Vn autre apres cela quitteroit tout peut-eſtre;
Mais i'auois medité tantoſt vn coup de maiſtre,
Dont tout preſentement ie veux voir les effets,
A la charge que ſi......

LELIE.

Non, ie te le promets,
De ne me meſler plus de rien dire, ou rien faire.

MASCARILLE.

Allez donc, voſtre veuë excite ma colere.

LELIE.

Mais ſur tout haſte toy, de peur qu'en ce deſſein....

MASCARILLE.

Allez, encor vn coup, i'y vay mettre la main.
Menons bien ce projet, la fourbe ſera fine,
S'il faut qu'elle ſuccede ainſi que i'imagine.
Allons voir... bon, voicy mon homme iuſtement.

SCENE VII.

PANDOLFE, MASCARILLE.

PANDOLFE.

MAscarille,

MASCARILLE.

Monsieur;

PANDOLFE.

A parler franchement,
Ie suis mal satisfait de mon fils.

MASCARILLE.

De mon maistre?
Vous n'estes pas le seul qui se plaigne de l'estre:
Sa mauuaise conduite insuportable en tout,
Met à chaque moment ma patience à bout.

PANDOLFE.

Ie vous croirois pourtant assez d'intelligence
Ensemble.

MASCARILLE.

Moy? Monsieur, perdez cette croyance;
Tousiours de son deuoir ie tasche à l'aduertir:
Et l'on nous voit sans cesse auoir maille à partir.
A l'heure mesme encor nous auons eu querelle,
Sur l'hymen d'Hypolite, où ie le voy rebelle;
Ou par l'indignité d'vn refus criminel,
Ie le vois offencer le respect paternel.

PANDOLFE.

Querelle!

MASCARILLE.

Ouy, querelle, & bien auant poussée.

PANDOLFE.

Ie me trompois donc bien: car i'auois la pensée,
Qu'à tout ce qu'il faisoit tu donnois de l'appuy.

MASCARILLE.

Moy! voyez ce que c'est que du mõde aujourd'huy;
Et comme l'innocence est toûjours opprimée.
Si mon integrité vous estoit confirmée;
Ie suis auprés de luy gagé pour seruiteur,
Vous me voudriez encor payer pour Precepteur:
Ouy, vous ne pourriez pas luy dire dauantage,
Que ce que ie luy dis, pour le faire estre sage.
Monsieur, au nom de Dieu, luy fay-ie assez souuent,
Cessez de vous laisser conduire au premier vent,
Reglez-vous. Regardez l'honneste homme de pere
Que vous auez du Ciel, comme on le considere;
Cessez de luy vouloir donner la mort au cœur,
Et, comme luy, viuez en personne d'honneur.

PANDOLFE,

C'est parler comme il faut. Et que peut-il répondre?

MASCARILLE.

Répondre? des chansons, dont il me vient confondre.
Ce n'est pas qu'en effet, dans le fond de son cœur,
Il ne tienne de vous des semences d'honneur;
Mais sa raison n'est pas maintenant la maistresse:
Si ie pouuois parler auecque hardiesse,
Vous le verriez dans peu soûmis sans nul effort.

PANDOLFE.

Parle.

MASCARILLE.

C'est vn secret qui m'importeroit fort

S'il estoit découuert: mais à vostre prudence
Ie puis le confier auec toute asseurance.

PANDOLFE.

Tu dis bien.

MASCARILLE.

Sçachez donc que vos vœux sont trahis,
Par l'amour qu'vne esclaue imprime à vostre fils.

PANDOLFE.

On m'en auoit parlé; mais l'action me touche,
De voir que ie l'apprenne encore par ta bouche.

MASCARILLE.

Vous voyez si ie suis le secret confident.....

PANDOLFE.

Vrayment ie suis rauy de cela.

MASCARILLE.

Cependant
A son deuoir, sans bruit, desirez-vous le rendre?
Il faut.... i'ay toûjours peur qu'on nous vienne surprendre:
Ce seroit fait de moy s'il sçauoit ce discours.
Il faut, dis-ie, pour rompre à toute chose cours,
Acheter sourdement l'esclaue idolatrée,
Et la faire passer en vne autre contrée.
Anselme a grand accez auprés de Trufaldin;
Qu'il aille l'acheter pour vous dés ce matin:
Apres, si vous voulez en mes mains la remettre,
Ie connois des Marchands, & puis bien vous promettre,
D'en retirer l'argent qu'elle pourra couster:
Et malgré vostre fils de la faire écarter.
Car enfin si l'on veut qu'à l'hymen il se range,
A cét amour naissante il faut donner le change;
Et de plus, quand bien mesme il seroit resolu,
Qu'il auroit pris le ioug que vous auez voulu:

Cét autre objet pouuant réueiller ſon caprice,
Au mariage encor peut porter preiudice.

PANDOLFE.

C'eſt tres-bien raiſonné ; ce conſeil me plaiſt fort ;
Ie vois Anſelme, va, ie m'en vay faire effort,
Pour auoir promptement cette eſclaue funeſte,
Et la mettre en tes mains pour acheuer le reſte.

MASCARILLE.

Bon, allons auertir mon Maiſtre de cecy :
Viue la fourberie, & les fourbes auſſi.

SCENE VIII.

HYPOLITE, MASCARILLE.

HYPOLITE.

OVy, traiſtre, c'eſt ainſi que tu me rens ſeruice;
Ie viens de tout entendre, & voir ton artifice ;
A moins que de cela l'euſſe-ie ſoupçonné!
Tu couches d'impoſture, & tu m'en as donné!
Tu m'auois promis lâche, & i'auois lieu d'attendre,
Qu'on te verroit ſeruir mes ardeurs pour Leandre ;
Que du choix de Lelie, où l'on veut m'obliger,
Ton adreſſe & tes ſoins ſçauroient me dégager ;
Que tu m'affranchirois du projet de mon pere ;
Et cependant icy tu fais tout le contraire:
Mais tu t'abuſeras, ie ſçais vn ſeur moyen,
Pour rompre cét achapt ou tu pouſſes ſi bien ;
Et ie vais de ce pas......

MASCARILLE.

Ah ! que vous estes prompte!
La mouche tout d'vn coup à la teste vous monte;
Et, sans considerer s'il a raison, ou non,
Vostre esprit contre moy fait le petit démon.
I'ay tort, & ie deurois sans finir mon ouurage,
Vous faire dire vray, puis qu'ainsi l'on m'outrage.

HYPOLITE.

Par quelle illusion penses-tu m'éblouïr ?
Traistre, peux-tu nier ce que ie viens d'oüir.

MASCARILLE.

Non ; mais il faut sçauoir que tout cét artifice
Ne va directement qu'à vous rendre seruice :
Que ce conseil adroit qui semble estre sans fard,
Iette dans le panneau l'vn & l'autre vieillard :
Que mon soin par leurs mains ne veut auoir Celie,
Qu'à dessein de la mettre au pouuoir de Lelie :
Et faire que l'effet de cette inuention
Dans le dernier excez portant sa passion.
Anselme rebuté de son pretendu gendre,
Puisse tourner son choix du costé de Leandre.

HYPOLITE.

Quoy ! tout ce grand projet qui m'a mise en courroux,
Tu l'as formé pour moy, Mascarille !

MASCARILLE.

Ouy, pour vous.

Mais puis qu'on reconnoist si mal mes bons offices,
Qu'il me faut de la sorte essuyer vos caprices,
Et que, pour recompense, on s'en vient de hauteur
Me traiter de faquin, de lâche, d'imposteur,
Ie m'en vais reparer l'erreur que i'ay commise,
Et dés ce mesme pas rompre mon entreprise.

HYPOLITE *l'arrestant.*

Hé! ne me traite pas si rigoureusement,
Et pardõne aux transports d'vn premier mouuemẽt.

MASCARILLE.

Non, non, laissez-moy faire, il est en ma puissance,
De détourner le coup qui si fort vous offence.
Vous ne vous plaindrez point de mes soins desormais:
Ouy, vous aurez mon maistre, & ie vous le promets.

HYPOLITE.

Hé! mon pauure garçon, que ta colere cesse;
I'ay mal iugé de toy, i'ay tort, ie le confesse:
Tirant sa bource.
Mais ie veux reparer ma faute auec cecy.
Pourrois-tu te resoudre à me quitter ainsi?

MASCARILLE.

Non, ie ne le sçaurois, quelque effort que ie fasse:
Mais vostre promptitude est de mauuaise grace.
Aprenez, qu'il n'est rien qui blesse vn noble cœur,
Comme quand il peut voir qu'on le touche en l'honneur.

HYPOLITE.

Il est vray ie t'ay dit de trop grosses injures :
Mais que ces deux Loüis guerissent tes blessures.

MASCARILLE.

Hé ! tout cela n'est rien ; ie suis tendre à ces coups :
Mais desia ie commence à perdre mon courroux,
Il faut de ses amis endurer quelque chose.

HYPOLITE.

Pourras-tu mettre à fin ce que ie me propose ?
Et crois-tu que l'effet de tes desseins hardis ?
Produise à mon amour le succez que tu dis.

MASCARILLE.

N'ayez point pour ce faict l'esprit sur des espines ;
I'ay des ressorts tout prests pour diuerses machines ;
Et quand ce stratagesme à nos vœux manqueroit,
Ce qu'il ne feroit pas, vn autre le feroit.

HYPOLITE.

Croy qu'Hypolite au moins ne sera pas ingrate.

MASCARILLE.

L'esperance du gain n'est pas ce qui me flatte.

HYPOLITE.

Ton maistre te fait signe, & veut parler à toy ;
Ie te quitte : mais songe à bien agir pour moy.

SCENE IX.

MASCARILLE, LELIE.

LELIE.

QVe diable fais-tu là ? tu me promets merueille;
Mais ta lenteur d'agir est pour moy sans pareille :
Sans que mon bon genie au deuant m'a poussé,
Desia tout mon bon-heur eust esté renuersé.
C'estoit fait de mon bien, c'estoit fait de ma ioye,
D'vn regret eternel ie deuenois la proye;
Bref, si ie ne me fusse en ce lieu rencontré,
Anselme auoit l'esclaue, & i'en estois frustré.
Il l'emmenoit chez luy; mais i'ay paré l'atteinte,
I'ay détourné le coup, & tant fait, que par crainte
Le pauure Trufaldin la retenuë.

MASCARILLE.

Et trois;
Quand nous serons à dix, nous ferons vne croix.
C'estoit par mon adresse, ô ceruelle incurable,
Qu'Anselme entreprenoit cét achapt fauorable;
Entre mes propres mains on la deuoit liurer;
Et vos soins endiablez nous en viennent sevrer;
Et puis pour vostre amour ie m'emploirois encore ?
I'aymerois mieux cent fois estre grosse pecore,

Deuenir cruche, choû, lanterne, loupgarou,
Et que monsieur Sathan vous vint tordre le coû.

LELIE.

Il nous le faut mener en quelque Hostellerie,
Et faire sur les pots décharger sa furie.

Fin du premier Acte.

ACTE II.

SCENE PREMIERE.

MASCARILLE, LELIE.

MASCARILLE.

A Vos desirs enfin il a fallu se rendre,
Malgré tous mes sermens ie n'ay pû m'en deffendre,
Et pour vos interests que ie voulois laisser,
En de nouueaux perils viens de m'embarasser;
Ie suis ainsi facile, & si de Mascarille
Madame la Nature auoit fait vne fille,
Ie vous laisse à penser ce que ç'auroit esté.
Toutefois, n'allez pas sur cette seureté
Donner de vos reuers au projet que ie tente,
Me faire vne béueuë, & rompre mon attente;
Auprés d'Anselme encor nous vous excuserons,
Pour en pouuoir tirer ce que nous desirons;
Mais, si d'oresnauant vostre imprudence éclatte,
Adieu vous dy mes soins pour l'objet qui vous flatte.

LELIE.

Non, ie ſeray prudent, te dis-ie, ne crains rien,
Tu verras ſeulement.....

MASCARILLE.

Souuenez-vous en bien:
I'ay commencé pour vous vn hardy ſtratagéme:
Voſtre pere fait voir vne pareſſe extréme
A rendre par ſa mort tous vos deſirs contens,
Ie viens de le tuer, de parole, i'entens,
Ie fais courir le bruit que d'vne Apoplexie,
Le bon-homme ſurpris a quitté cette vie;
Mais auant, pour pouuoir mieux feindre ce trépas,
I'ay fait que vers ſa grange il a porté ſes pas;
On eſt venu luy dire, & par mon artifice,
Que les ouuriers qui ſont apres ſon edifice,
Parmy les fondemens qu'ils en iettent encor,
Auoient fait par hazard rencontre d'vn treſor;
Il a volé d'abord, & comme à la campagne
Tout ſon monde à preſent hors nous deux l'accompagne,
Dans l'eſprit d'vn chacun ie le tuë aujourd'huy,
Et produis vn fantoſme enſeuely pour luy:
Enfin ie vous ay dit à quoy ie vous engage,
Ioüez bien voſtre rôle, & pour mon perſonnage,
Si vous apercceuez que i'y manque d'vn mot,
Dittes abſolument que ie ne ſuis qu'vn ſot.

LELIE *ſeul.*

Son eſprit, il eſt vray, trouue vne eſtrange voye
Pour adreſſer mes vœux au comble de leur ioye;
Mais quand d'vn bel objet on eſt bien amoureux,
Que ne feroit-on pas pour deuenir heureux?
Si l'amour eſt au crime vne aſſez belle excuſe,
Il en peut bien ſeruir à la petite ruſe,

Que sa flâme aujourd'huy me force d'approuuer
Par la douceur du bien qui m'en doit arriuer :
Iuste Ciel! qu'ils sont prompts! ie les vois en parole,
Allons-nous preparer à ioüer nostre rôle.

SCENE II.

MASCARILLE, ANSELME,

MASCARILLE.

LA nouuelle a subjet de vous surprendre fort.

ANSELME.

Estre mort de la sorte!

MASCARILLE.

Il a certes grand tort.
Ie luy sçay mauuais gré d'vne telle incartade.

ANSELME.

N'auoir pas seulement le temps d'estre malade!

MASCARILLE.

Non, iamais homme n'eut si haste de mourir.

ANSELME.

Et Lelie?

MASCARILLE.

Il se bat, & ne peut rien souffrir :
Il s'est fait en maints lieux contusion & bosse,
Et veut accompagner son papa dans la fosse :
Enfin, pour acheuer, l'excez de son transport
M'a fait en grande haste enseuelir le mort,

De peur que cét obiet qui le rend hipocondre,
A faire vn vilain coup ne me l'allast semondre.
ANSELME.
N'importe, tu deuois attendre iusqu'au soir,
Outre qu'encore vn coup i'aurois voulu le voir.
Qui tost enseuelit, bien souuent assassine,
Et tel est crû deffunct qui n'en a que la mine.
MASCARILLE.
Ie vous le garentis trespassé comme il faut;
Au reste, pour venir au discours de tantost,
Lelie, & l'action luy sera salutaire,
D'vn bel enterrement veut regaler son pere,
Et consoler vn peu ce deffunct de son sort,
Par le plaisir de voir faire honneur à sa mort;
Il herite beaucoup, mais comme en ses affaires,
Il se trouue assez neuf, & ne voit encor gueres;
Que son bien la pluspart n'est point en ces quartiers,
Ou que ce qu'il y tient consiste en des papiers;
Il voudroit vous prier, en suitte de l'instance
D'excuser de tantost son trop de violence,
De luy prester au moins pour ce dernier deuoir.....
ANSELME.
Tu me l'as desia dit, & ie m'en vais le voir.
MASCARILLE.
Iusques icy du moins tout va le mieux du monde:
Taschons à ce progrés que le reste réponde,
Et de peur de trouuer dans le port vn écüeil,
Conduisons le vaisseau de la main & de l'œil.

SCENE III.

LELIE, ANSELME, MASCARILLE.

ANSELME.

SOrtõs, ie ne ſçaurois qu'auec douleur tres-forte,
Le voir empaqueté de cette eſtrange ſorte :
Las! en ſi peu de temps! il viuoit ce matin!

MASCARILLE.

En peu de temps par fois on fait bien du chemin.

LELIE.

Ah!

ANSELME.

Mais quoy? cher Lelie, enfin il eſtoit homme:
On n'a point pour la mort de diſpenſe de Rome.

LELIE.

Ah!

ANSELME.

Sans leur dire gare elle abbat les humains,
Et contr'eux de tout temps a de mauuais deſſeins.

LELIE.

Ah!

ANSELME.

Ce fier animal pour toutes les prieres,
Ne perdroit pas vn coup de ſes dents meurtrieres,
Tout le monde y paſſe.

LELIE.

Ah!

MASCARILLE.

Vous auez beau prescher,
Ce deüil enraciné ne se peut arracher.

ANSELME.

Si malgré ces raisons vostre ennuy perseuere,
Mon cher Lelie, au moins, faites qu'il se modere.

LELIE.

Ah!

MASCARILLE.

Il n'en fera rien, ie connois son humeur.

ANSELME.

Au reste, sur l'aduis de vostre seruiteur,
I'aporte icy l'argent qui vous est necessaire,
Pour faire celebrer les obseques d'vn pere.....

LELIE.

Ah! Ah!

MASCARILLE.

Comme à ce mot s'augmente sa douleur,
Il ne peut sans mourir, songer à ce malheur.

ANSELME.

Ie sçay que vous verrez aux papiers du bon-homme,
Que ie suis debiteur d'vne plus grande somme:
Mais, quand par ces raisons ie ne vous deurois rien,
Vous pourriez librement disposer de mon bien.
Tenez, ie suis tout vostre, & le feray paroistre.

LELIE *s'en allant.*

Ah!

MASCARILLE.

Le grãd déplaisir que sent monsieur mon Maistre!

ANSELME.

Mascarille, ie croy qu'il seroit à propos,
Qu'il me fit de de sa main vn receu de deux mots.

MASCARILLE.

Ah!

ANSELME.

Des euenements l'incertitude eſt grande.

MASCARILLE.

Ah!

ANSELME.

Faiſons luy ſigner le mot que ie demande.

MASCARILLE.

Las! en l'eſtat qu'il eſt comment vous contenter!
Donnez luy le loiſir de ſe deſ-atriſter;
Et quãd ſes déplaiſirs prendrõt quelque allegeance,
I'auray ſoin d'en tirer d'abord voſtre aſſeurance.
Adieu, ie ſens mon cœur qui ſe gonfle d'ennuy,
Et m'en vay tout mon ſaoul pleurer auecque luy.
Ah!

ANSELME *ſeul.*

Le monde eſt remply de beaucoup de trauerſes.
Chaque homme tous les iours en reſſent de diuerſes,
Et iamais icy bas.......

SCENE IV.

PANDOLFE, ANSELME.

ANSELME.

AH! bon Dieux, ie fremy!
Pandolfe qui reuient! fut-il bien endormy.
Comme depuis ſa mort ſa face eſt amaigrie!
Las! ne m'aprochez pas de plus prés, ie vous prie;

I'ay trop de repugnance à coudoyer vn mort.

PANDOLFE.

D'où peut donc prouenir ce bizarre transport ?

ANSELME.

Dittes-moy de bien loin quel sujet vous ameine.
Si pour me dire adieu vous prenez tant de peine,
C'est trop de courtoisie, & veritablement,
Ie me serois passé de vostre compliment.
Si vostre ame est en peine & cherche des prieres,
Las! ie vous en promets, & ne m'effrayez gueres.
Foy d'homme espouuanté, ie vais faire à l'instant
Prier tant Dieu pour vous, que vous serez content.
Disparoissez donc, ie vous prie,
Et que le Ciel par sa bonté,
Comble de ioye & de santé
Vostre deffuncte seigneurie.

PANDOLFE *riant.*

Malgré tout mon dépit, il m'y faut prendre part.

ANSELME.

Las! pour vn trespassé vous estes bien gaillart!

PANDOLFE.

Est-ce ieu ? dittes-nous, ou bien si c'est folie,
Qui traitte de deffunct vne personne en vie ?

ANSELME.

Helas! vous estes mort, & ie viens de vous voir.

PANDOLFE.

Quoy ? i'aurois trespassé sans m'en apperceuoir ?

ANSELME.

Si-tost que Mascarille en a dit la nouuelle,
I'en ay senty dans l'ame vne douleur mortelle.

PANDOLFE.

Mais enfin dormez-vous ? estes-vous éueillé ?
Me connoissez vous pas ?

ANSELME.

Vous estes habillé
D'vn corps aërien qui contrefait le vostre,
Mais qui dans vn moment peut deuenir tout autre.
Ie crains fort de vous voir comme vn geant grandir,
Et tout vostre visage affreusement laidir.
Pour Dieu, ne prenez point de vilaine figure;
I'ay proû de ma frayeur en cette coniecture.

PANDOLFE.

En vne autre saison, cette naïueté,
Dont vous accompagnez vostre credulité,
Anselme, me seroit vn charmant badinage,
Et i'en prolongerois le plaisir dauantage:
Mais auec cette mort vn tresor supposé,
Dont parmy les chemins on m'a desabusé,
Fomente dans mon ame vn soupçon legitime.
Mascarille est vn fourbe, & fourbe fourbissime,
Sur qui ne peuuent rien la crainte, & le remors,
Et qui pour ses desseins a d'étranges ressorts.

ANSELME

M'auroit-on ioüé piece, & fait supercherie?
Ah! vrayment ma raison vous feriez fort iolie!
Touchons vn peu pour voir: en effet c'est bien luy.
Malepeste du sot, que ie suis aujourd'huy!
De grace, n'allez pas diuulguer vn tel conte;
On en feroit ioüer quelque farce à ma honte:
Mais, Pandolfe, aidez-moy vous-mesme à retirer
L'argent que i'ay donné pour vous faire enterrer.

PANDOLFE.

De l'argent, dittes-vous? ah! c'est donc l'encloüeure.
Voila le nœud secret de toute l'aduanture;
A vostre dam. Pour moy, sans m'en mettre en soucy,
Ie vais faire informer de cette affaire icy,

Contre ce Mascarille, & si l'on peut le prendre,
Quoy qu'il puisse couster, ie veux le faire pendre.

ANSELME.

Et moy, la bonne duppe, à trop croire vn vaurien,
Il faut dõc qu'aujourd'huy ie perde, & sang, & bien?
Il me sied bien, ma foy, de porter teste grise,
Et d'estre encor si prompt à faire vne sottise!
D'examiner si peu sur vn premier rapport!....
Mais ie voy.....

SCENE V.

LELIE, ANSELME.

LELIE.

MAintenant auec ce passeport,
Ie puis à Trufaldin rendre aisément visite.

ANSELME.

A ce que ie puis voir, vostre douleur vous quitte?

LELIE.

Que dittes-vous! iamais elle ne quittera,
Vn cœur qui cherement toûjours la nourrira.

ANSELME.

Ie reuiens sur mes pas vous dire, auec franchise,
Que tantost auec vous i'ay fait vne méprise;
Que parmy ces Loüis, quoy qu'ils semblent tres-beaux,
I'en ay sans y penser meslé que ie tiens faux,

Et i'apporte sur moy dequoy mettre en leur place:
De nos faux monnoyeurs l'insuportable audace,
Pullule en cét Estat d'vne telle façon,
Qu'on ne reçoit plus rien qui soit hors de soupçon:
Mon Dieu, qu'on feroit bien de les faire tous pēdre!

LELIE.

Vous me faites plaisir de les vouloir reprendre;
Mais ie n'en ay point veu de faux, comme ie croy.

ANSELME.

Ie les connoistray bien, montrez, montrez-les moy:
Est-ce tout?

LELIE.

Ouy.

ANSELME.

Tant mieux; enfin ie vous racroche,
Mon argent bien aymé, rentrez dedans ma poche;
Et vous, mon braue Escroc, vous ne tenez plus rien;
Vous tuez donc des gens qui se portent fort bien;
Et qu'auriez-vous donc fait sur moy, chetif beau pere?
Ma foy, ie m'engendrois d'vne belle maniere!
Et i'allois prendre en vous vn beau fils fort discret.
Allez, allez mourir de honte, & de regret.

LELIE.

Il faut dire i'en tiens; quelle surprise extréme!
D'où peut-il auoir sçeu si-tost le stratagesme!

SCENE VI.

MASCARILLE, LELIE.

MASCARILLE.

Qvoy ? vous estiez sorty ? ie vous cherchois par tout :
Hé bien ? en sommes-nous enfin venus à bout ;
Ie le donne en six coups au fourbe le plus braue,
C'a, donnez-moy que i'aille acheter nostre esclaue,
Vostre riual apres sera bien estonné.

LELIE.

Ah ! mon pauure garçon, la chance a bien tourné,
Pourrois-tu de mon sort deuiner l'iniustice ?

MASCARILLE.

Quoy ? que ce seroit-ce ?

LELIE.

Anselme instruit de l'artifice,
M'a repris maintenant tout ce qu'il nous prestoit,
Sous couleur de changer de l'or que l'on doutoit.

MASCARILLE.

Vous vous moquez peut-estre ?

LELIE.

Il est trop veritable.

MASCARILLE.

Tout de bon ?

LELIE.

Tout de bon, i'en suis inconsolable ;

Tu te vas emporter d'vn courroux ſans égal.

MASCARILLE.

Moy, Monſieur ? quelque ſot, la colere fait mal ;
Et ie veux me choyer, quoy qu'enfin il arriue :
Que Celie apres tout ſoit ou libre, ou captiue ;
Que Leandre l'achepte, ou qu'elle reſte la,
Pour moy, ie m'en ſoucie autant que de cela.

LELIE.

Ah ! n'aye point pour moy ſi grande indifference ;
Et ſois plus indulgent à ce peu d'imprudence,
Sans ce dernier malheur, ne m'auoüeras-tu pas,
Que i'auois fait merueille ? & qu'en ce feint trépas
I'éludois vn chacun d'vn deüil ſi vray-ſemblable,
Que les plus clairuoyants l'auroient crû veritable.

MASCARILLE.

Vous auez en effet ſujet de vous loüer.

LELIE.

Et bien, ie ſuis coupable, & ie veux l'aduoüer ;
Mais, ſi iamais mon bien te fut conſiderable,
Repares ce mal-heur, & me ſois ſecourable.

MASCARILLE.

Ie vous baiſe les mains, ie n'ay pas le loiſir.

LELIE.

Maſcarille, mon fils.

MASCARILLE.

Point.

LELIE.

Fay moy ce plaiſir.

MASCARILLE.

Non, ie n'en feray rien.

LELIE.

Si tu m'es inflexible,
Ie m'en vais me tuer.

MASCARILLE.

Soit, il vous est loisible.

LELIE.

Ie ne te puis fléchir?

MASCARILLE.

Non.

LELIE.

Vois-tu le fer prest.

MASCARILLE.

Ouy.

LELIE.

Ie vais le pousser.

MASCARILLE.

Faites ce qu'il vous plaist.

LELIE.

Tu n'auras pas regret de m'arracher la vie!

MASCARILLE.

Non.

LELIE.

Adieu Mascarille.

MASCARILLE.

Adieu Monsieur Lelie.

LELIE.

Quoy!......

MASCARILLE.

Tuez-vous donc viste: ah! que de longs deuis!

LELIE.

Tu voudrois bien, ma foy, pour auoir mes habits,
Que ie fisse le sot, & que ie me tuasse.

MASCARILLE.

Sçauois-ie pas qu'enfin ce n'estoit que grimace;
Et, quoy que ces esprits iurent d'effectuer,
Qu'on n'est point aujourd'huy si prompt à se tuer.

SCENE VII.

LEANDRE, TRVFALDIN, LELIE, MASCARILLE.

LELIE.

QVe vois-ie ! mon riual & Trufaldin ensemble!
Il achette Celie ; ah ! de frayeur ie tremble.

MASCARILLE.

Il ne faut point douter qu'il fera ce qu'il peut,
Et, s'il a de l'argent, qu'il pourra ce qu'il veut:
Pour moy, i'en suis rauy ; voila la recompense
De vos brusques erreurs, de vostre impatience.

LELIE.

Que dois-ie faire ? dy, veüille me conseiller.

MASCARILLE.

Ie ne sçay.

LELIE.

Laisse-moy, ie vais le quereller.

MASCARILLE.

Qu'en arriuera-il ?

LELIE.

Que veux-tu que ie fasse
Pour empescher ce coup ?

MASCARILLE.

Allez, ie vous fais grace;
Ie iette encor vn œil pitoyable sur vous,
Laissez-moy l'obseruer par des moyens plus doux;
Ie vay, comme ie croy, sçauoir ce qu'il proiette.

TRVFALDIN.

Quand on viendra tantost, c'est vne affaire faitte.

MASCARILLE.

Il faut que ie l'attrappe, & que de ses desseins
Ie sois le confident pour mieux les rendre vains.

LEANDRE.

Graces au Ciel, voila mon bonheur hors d'atteinte,
I'ay sçeu me l'asseurer, & ie n'ay plus de crainte;
Quoy que desormais puisse entreprendre vn riual,
Il n'est plus en pouuoir de me faire du mal.

MASCARILLE.

Ahi, ahi, à l'ayde, au meurtre, au secours, on m'assomme,
Ah, ah, ah, ah, ah, ah, ô traistre! ô bourreau d'hõme!

LEANDRE.

D'où procede cela? qu'est-ce? que te fait-on?

MASCARILLE.

On vient de me donner deux cent coups de baston.

LEANDRE.

Qui?

MASCARILLE.

Lelie.

LEANDRE.

Et pourquoy?

MASCARILLE.

Pour vne bagatelle,
Il me chasse & me bat d'vne façon cruelle.

LEANDRE.

Ah! vrayment il a tort:

MASCARILLE.

Mais, où ie ne pourray,
Ou ie iure bien fort, que ie m'en vengeray;
Ouy, ie te feray voir, batteur que Dieu confonde,
Que ce n'est pas pour rien qu'il faut roüer le mõde:

Que ie suis vn valet, mais fort homme d'honneur,
Et qu'apres m'auoir eu quatre ans pour seruiteur,
Il ne me falloit pas payer en coups de gaules,
Et me faire vn affront si sensible aux espaules:
Ie te le dis encor, ie sçauray m'en venger;
Vne esclaue te plaist, tu voulois m'engager
A la mettre en tes mains, & ie veux faire en sorte
Qu'vn autre te l'enleue, ou le diable m'emporte.

LEANDRE.

Escoute, Mascarille, & quitte ce transport;
Tu m'as pleu de tout temps, & ie souhaitois fort
Qu'vn garçon comme toy plein d'esprit & fidele,
A mon seruice vn iour pust attacher son zele:
Enfin, si le party te semble bon pour toy,
Si tu veux me seruir, ie t'arreste, auec moy.

MASCARILLE.

Ouy, Monsieur, d'autãt mieux que le destin propice
M'offre à me bien venger en vous rendant seruice,
Et que dans mes efforts pour vos contentemens,
Ie puis à mon brutal trouuer des chastimens.
De Celie en vn mot par mon adresse extréme.....

LEANDRE.

Mon amour s'est rendu cét office luy-mesme,
Enflâmé d'vn objet qui n'a point de defaut,
Ie viens de l'achetter moins encor qu'il ne vaut.

MASCARILLE.

Quoy? Celie est à vous?

LEANDRE.

Tu la verrois paroistre,
Si de mes actions i'estois tout à fait maistre:
Mais quoy! mon pere l'est, comme il a volonté,
Ainsi que ie l'apprends d'vn paquet apporté,
De me determiner à l'hymen d'Hypolite,
I'empesche qu'vn rapport de tout cecy l'irrite.

Donc auec Trufaldin ; car ie sors de chez luy,
I'ay voulu tout exprés agir au nom d'autruy,
Et l'achat fait, ma bague est la marque choisie,
Sur laquelle au premier il doit liurer Celie ;
Ie songe auparauant à chercher les moyens
D'oster aux yeux de tous ce qui charme les miens,
A trouuer promptement vn endroit fauorable,
Ou puisse estre en secret cette captiue aymable.

MASCARILLE.

Hors de la ville vn peu, ie puis auec raison,
D'vn vieux parent que i'ay vous offrir la maison,
Là, vous pourrez la mettre auec toute asseurance,
Et de cette action nul n'aura connoissance.

LEANDRE.

Ouy, ma foy, tu me fais vn plaisir souhaité.
Tien donc, & va pour moy prendre cette beauté,
Dés que par Trufaldin ma bague sera veuë,
Aussi-tost en tes mains elle sera renduë,
Et dans cette maison tu me la conduiras
Quand... mais chut, Hypolite est icy sur nos pas.

SCENE VIII.

HYPOLITE, LEANDRE, MASCARILLE.

HYPOLITE.

IE dois vous annoncer, Leandre, vne nouuelle ;
Mais la treuuerez-vous agreable, ou cruelle?

LEANDRE.

Pour en pouuoir iuger, & répondre ſoudain,
Il faudroit la ſçauoir.

HYPOLITE.

Donnez-moy donc la main
Iuſqu'au Temple, en marchant ie pourray vous l'ap-
prendre.

LEANDRE.

Va, va-t'en me ſeruir ſans dauantage attendre.

MASCARILLE.

Ouy, ie te vay ſeruir d'vn plat de ma façon ;
Fut-il iamais au monde vn plus heureux garçon !
O ! que dans vn moment Lelie aura de ioye !
Sa maiſtreſſe en nos mains tomber par cette voye !
Receuoir tout ſon bien, d'où l'on attend le mal !
Et deuenir heureux par la main d'vn riual !
Apres ce rare exploit, ie veux que l'on s'appreſte
A me peindre en Heros vn laurier ſur la teſte,
Et qu'au bas du portrait on mette en lettres d'or,
Viuat Maſcarillus, fourbum Imperator.

SCCNE IX.

TRVFALDIN, MASCARILLE.

MASCARILLE.

HOla.

TRVFALDIN.

Que voulez-vous?

MASCARILLE.

Cette bague connuë,
Vous dira le sujet qui cause ma venuë.

TRVFALDIN.

Ouy, ie reconnois bien la bague que voila:
Ie vais querir l'esclaue, arrestez vn peu la.

SCENE X.

LE COVRRIER, TRVFALDIN, MASCARILLE.

LE COVRRIER

SEigneur, obligez-moy de m'enseigner vn hõme...

TRVFALDIN.

Et qui?

LE COVRRIER.

Ie croy que c'est Trufaldin qu'il se nomme.

TRVFALDIN.

Et que luy voulez-vous? vous le voyez icy.

LE COVRRIER.

Luy rendre seulement la lettre que voicy.

LETTRE.

Le Ciel dont la bonté prend soucy de ma vie,
Vient de me faire oüir par vn bruit assez doux,
que ma fille à quatre ans par des voleurs rauie,
Sous le nom de Celie est esclaue chez vous.

Si vous sceustes iamais ce que c'est qu'estre pere,
Et vous trouuez sensible aux tendresses du sang,
Conseruez-moy chez vous cette fille si chere,
Comme si de la vostre elle tenoit le rang.

Pour l'aller retirer, ie pars d'icy moy-mesme;
Et vous vais de vos soins recompenser si bien,
Que par vôtre bonheur que ie veux rẽdre extréme,
Vous benirez le iour où vous causez le mien.

De Madrid.

Dom Pedro de Gusman,
Marquis de Montalcane.

TRVFALDIN.

Quoy qu'à leur Nation bien peu de foy soit deuë,
Ils me l'auoient bien dit, ceux qui me l'ont venduë,
Que ie verrois dans peu quelqu'vn la retirer,
Et que ie n'aurois pas sujet d'en murmurer:
Et cependant i'allois par mon impatience,
Perdre aujourd'huy les fruits d'vne haute esperance.
Vn seul momẽt plus tard tous vos pas estoiẽt vains,
I'allois mettre en l'instant cette fille en ses mains;
Mais suffit, i'en auray tout le soin qu'on desire.
Vous-mesme, vous voyez ce que ie viens de lire:
Vous direz à celuy qui vous a fait venir,
Que ie ne luy sçaurois ma parole tenir.
Qu'il vienne retirer son argent.

MASCARILLE.

Mais l'outrage
Que vous luy faites......

TRVFALDIN.

Va, sans causer dauantage.

MASCARILLE.

Ah! le fâcheux paquet que nous venons d'auoir!
Le sort a bien donné la baye à mon espoir!

Et

Et bien à la male-heure est-il venu d'Espagne,
Ce Courrier que la foudre, ou la gresle accompagne;
Iamais, certes, iamais, plus beau commencement,
N'eust en si peu de temps plus triste euenement.

SCENE XI.

LELIE, MASCARILLE.

MASCARILLE.

QVel beau transport de ioye à present vous inspire?

LELIE.

Laisse m'en rire encor auant que te le dire.

MASCARILLE.

C'a, rions donc bien fort, nous en auons sujet.

LELIE.

Ah! ie ne seray plus de tes plaintes l'objet.
Tu ne me diras plus, toy qui toûjours me cries,
Que ie gaste en broüillon toutes tes fourberies:
I'ay bien ioüé moy-mesme vn tour des plus adroits.
Il est vray, ie suis prompt, & m'emporte par fois;
Mais pourtant, quand ie veux, i'ay l'imaginatiue
Aussi bonne en effet, que personne qui viue;
Et toy-mesme aduoüiras que ce que i'ay fait part
D'vne pointe d'esprit ou peu de monde à part.

MASCARILLE.

Sçachons donc ce qu'a fait cette imaginatiue.

LELIE.

Tantost, l'esprit esmeu d'vne frayeur bien viue,
D'auoir veu Trufaldin auecque mon riual,
Ie songeois à trouuer vn remede à ce mal,
Lors que me ramassant tout entier en moy-mesme,
I'ay conçeu, digeré, produit vn stratagesme,
Deuant qui tous les tiens, dont tu fais tant de cas,
Doiuent sans contredit, mettre pauillon bas.

MASCARILLE.

Mais qu'est-ce ?

LELIE.

Ah! s'il te plaist, donne toy patience;
I'ay donc feint vne lettre auec diligence,
Comme d'vn grand Seigneur écritte à Trufaldin,
Qui mande, qu'ayant sceu par vn heureux destin,
Qu'vne esclaue qu'il tient sous le nom de Celie,
Est sa fille autrefois par des voleurs rauie;
Il veut la venir prendre, & le coniure au moins
De la garder toûjours, de luy rendre des soins;
Qu'à ce sujet il part d'Espagne, & doit pour elle
Par de si grands presents reconnoistre son zele,
Qu'il n'aura point regret de causer son bonheur.

MASCARILLE.

Fort bien.

LELIE.

Escoute donc; voicy bien le meilleur.
La Lettre que ie dis a donc esté remise;
Mais, sçais-tu bien commẽt? en saison si bien prise,
Que le porteur m'a dit que sans ce trait falot,
Vn homme l'emmenoit qui s'est trouué fort sot.

MASCARILLE.

Vous auez fait ce coup ſans vous donner au diable?

LELIE.

Ouy, d'vn tour ſi ſubtil m'aurois-tu crû capable?
Loüe au moins mon adreſſe, & la dexterité,
Dont ie romps d'vn riual le deſſein concerté.

MASCARILLE.

A vous pouuoir loüer ſelon voſtre merite,
Ie manque d'eloquence, & ma force eſt petite;
Ouy, pour bien étaler cét effort releué,
Ce bel exploit de guerre à nos yeux acheué,
Ce grand & rare effet d'vne imaginatiue,
Qui ne cede en vigueur à perſonne qui viue,
Ma langue eſt impuiſſante, & ie voudrois auoir
Celles de tous les gens du plus exquis ſçauoir,
Pour vous dire en beaux Vers, ou biẽ en docte Proſe,
Que vous ſerez toûjours, quoy que l'on ſe propoſe,
Tout ce que vous auez eſté durant vos iours;
C'eſt à dire, vn eſprit chauſſé tout à rebours,
Vne raiſon malade, & toûjours en débauche,
Vn enuers du bon ſens, vn iugement à gauche,
Vn broüillon, vne beſte, vn bruſque, vn eſtourdy,
Que ſçay-ie, vn, cent fois plus encor que ie ne dy,
C'eſt faire en abregé voſtre panegyrique.

LELIE.

Apprends moy le ſujet qui contre moy te pique:
Ay-ie fait quelque choſe? éclaircy moy ce poinct.

MASCARILLE.

Non, vous n'auez rien fait; mais ne me ſuiuez point.

LELIE.

Ie te ſuiuray par tout, pour ſçauoir ce myſtere.

MASCARILLE.

Ouy ? sus donc, preparez vos iambes à bien faire;
Car ie vais vous fournir dequoy les exercer.

LELIE.

Il m'eschape ! ô malheur qui ne se peut forcer !
Au discours qu'il m'a fait que sçaurois-ie compren-
dre ?
Et quel mauuais office aurois-ie pû me rendre?

Fin du second Acte.

ACTE III.

SCENE PREMIERE.

MASCARILLE *seul.*

TAisez-vous, ma bonté, cessez vostre entretien;
Vous estes vne sotte, & ie n'en feray rien;
Ouy, vous auez raison, mon courroux, ie l'aduouë;
Relier tant de fois ce qu'vn broüillon dénouë,
C'est trop de patience; & ie dois en sortir
Apres de si beaux coups qu'il a sceu diuertir.
Mais aussi, raisonnons vn peu sans violence;
Si ie suis maintenant ma iuste impatience,
On dira que ie cede à la difficulté,
Que ie me trouue à bout de ma subtilité;
Et que deuiendra lors cette publique estime,
Qui te vante par tout pour vn fourbe sublime,
Et que tu t'es acquise en tant d'occasions,
A ne t'estre iamais veu court d'inuentions?
L'honneur, ô Mascarille, est vne belle chose:
A tes nobles trauaux ne fais aucune pause;

Et, quoy qu'vn maiſtre ait fait pour te faire enrager,
Acheue pour ta gloire, & non pour l'obliger :
Mais quoy ! que feras-tu, que de l'eau toute claire,
Trauerſé ſans repos par ce demon contraire ?
Tu vois qu'à chaque inſtant il te fait déchanter,
Et que c'eſt battre l'eau, de pretendre arreſter
Ce torrent effrené, qui de tes artifices
Renuerſe en vn moment les plus beaux Edifices.
Et bien, pour toute grace, encore vn coup du moins,
Au hazard du ſuccez, ſacrifions des ſoins ;
Et s'il pourſuit encor à rompre noſtre chance,
I'y conſens, oſtons luy toute noſtre aſſiſtance.
Cependant noſtre affaire encor n'iroit pas mal,
Si par là nous pouuions perdre noſtre riual,
Et que Leandre enfin, laſſé de ſa pourſuitte,
Nous laiſſaſt iour entier pour ce que ie medite.
Ouy, ie roule en ma teſte vn trait ingenieux,
Dont ie promettrois bien vn ſuccez glorieux,
Si ie puis n'auoir plus cét obſtacle à combatre :
Bon, voyons ſi ſon feu ſe rend opiniâtre.

SCENE II.

LEANDRE, MASCARILLE.

MASCARILLE.

MOnſieur, i'ay perdu temps, voſtre homme ſe dédit.

LEANDRE.

De la choſe luy-meſme il m'a fait vn recit ;

Mais, c'est bien plus, i'ay sçeu que tout ce beau mystére,
D'vn rapt d'Egyptiens, d'vn grand Seigneur pour pere,
Qui doit partir d'Espagne, & venir en ces lieux,
N'est qu'vn pur stratagesme, vn trait facetieux,
Vne histoire à plaisir, vn conte dont Lelie
A voulu détourner nostre achat de Celie.

MASCARILLE.

Voyez vn peu la fourbe!

LEANDRE.

Et pourtant Trufaldin
Est si bien imprimé de ce conte badin,
Mord si bien à l'appas de cette foible ruse,
Qu'il ne veut point souffrir que l'on le desabuse.

MASCARILLE.

C'est pourquoy desormais il la gardera bien,
Et ie ne voy pas lieu d'y pretendre plus rien.

LEANDRE.

Si d'abord à mes yeux elle parût aymable,
Ie viens de la treuuer tout à fait adorable,
Et ie suis en suspens, si pour me l'acquerir,
Aux extrémes moyens ie ne dois point courir,
Par le don de ma foy rompre sa destinée,
Et changer ses liens en ceux de l'hymenée.

MASCARILLE.

Vous pourriez l'épouser!

LEANDRE.

Ie ne sçay : mais enfin,
Si quelque obscurité se treuue en son destin,
Sa grace & sa vertu sont de douces amorces,
Qui pour tirer les cœurs ont d'incroyables forces.

MASCARILLE.

Sa vertu, dittes-vous?

LEANDRE.

Quoy! que murmures-tu?
Acheue, explique-toy sur ce mot de vertu.

MASCARILLE.

Monsieur, vostre visage en vn moment s'altere,
Et ie feray bien mieux peut-estre de me taire.

LEANDRE.

Non, non, parle.

MASCARILLE.

Hé bien donc, tres-charitablement,
Ie vous veux retirer de vostre aueuglement.
Cette fille......

LEANDRE.

Poursuy.

MASCARILLE.

N'est rien moins qu'inhumaine;
Dans le particulier elle oblige sans peine,
Et son cœur, croyez-moy, n'est point roche apres tout,
A quiconque la sçait prendre par le bon bout;
Elle fait la sucrée, & veut passer pour prude;
Mais ie puis en parler auecque certitude;
Vous sçauez que ie suis quelque peu d'vn mestier,
A me deuoir connoistre en vn pareil gibier.

LEANDRE.

Celie......

MASCARILLE.

Ouy, sa pudeur n'est que franche grimace,
Qu'vne ombre de vertu qui garde mal la place,
Et qui s'éuanoüit, comme l'on peut sçauoir,
Aux rayons du Soleil qu'vne bource fait voir.

LEANDRE.

Las! que dis-tu? croiray-ie vn discours de la sorte!

MASCARILLE.

Monſieur, les volontez ſont libres, que m'importe?
Non, ne me croyez-pas, ſuiuez voſtre deſſein,
Prenez, cette matoiſe, & luy donnez la main;
Toute la ville en corps reconnoiſtra ce zele,
Et vous eſpouſerez le bien public en elle.

LEANDRE.

Quelle ſurpriſe eſtrange!

MASCARILLE.

Il a pris l'hameçon;
Courage, s'il s'y peut enferrer tout de bon,
Nous nous oſtons du pied vne fâcheuſe eſpine.

LEANDRE.

Ouy, d'vn coup eſtonnant ce diſcours m'aſſaſſine,

MASCARILLE.

Quoy! vous pourriez!.....

LEANDRE.

Va-t'en iuſqu'à la poſte, & voy
Ie ne ſçay quel paquet qui doit venir pour moy.
Qui ne s'y fut trompé? iamais l'air d'vn viſage,
Si ce qu'il dit eſt vray, n'impoſa d'auantage.

SCENE III.

LELIE, LEANDRE.

LELIE.

DV chagrin qui vous tiẽt, quel peut eſtre l'objet?

LEANDRE.

Moy?

LELIE.

Vous-mesme.

LEANDRE.

Pourtant ie n'en ay point sujet.

LELIE.

Ie voy bien ce que c'est, Celie en est la cause.

LEANDRE.

Mon esprit ne court pas apres si peu de chose.

LELIE.

Pour elle vous auiez pourtant de grands desseins,
Mais il faut dire ainsi, lors qu'ils se trouuent vains.

LEANDRE.

Si i'estois assez sot, pour cherir ses caresses,
Ie me mocquerois bien de toutes vos finesses.

LELIE.

Quelles finesses donc?

LEANDRE.

Mon Dieu, nous sçauons tout.

LELIE.

Quoy?

LEANDRE.

Vostre procedé de l'vn à l'autre bout.

LELIE.

C'est de l'Hebreu pour moy, ie n'y puis rien comprendre.

LEANDRE.

Feignez, si vous voulez, de ne me pas entendre;
Mais, croyez-moy, cessez de craindre pour vn bien,
Où ie serois fasché de vous disputer rien;
I'ayme fort la beauté qui n'est point prophanée,
Et ne veux point brûler pour vne abandonnée.

LELIE.

Tout beau, tout beau, Leandre.

LEANDRE.

Ah! que vous estes bon!
Allez, vous dis-ie encor, seruez-là sans soupçon,
Vous pourrez vous nommer homme à bonnes fortunes:
Il est vray, sa beauté n'est pas des plus communes;
Mais en reuanche aussi le reste est fort commun.

LELIE.

Leandre, arrestons là ce discours importun.
Contre moy tãt d'efforts qu'il vous plaira pour elle;
Mais sur tout retenez cette atteinte mortelle:
Sçachez que ie m'impute à trop de lâcheté,
D'entendre mal parler de ma diuinité;
Et que i'auray toûjours bien moins de répugnance
A souffrir vostre amour, qu'vn discours qui l'offẽce.

LEANDRE.

Ce que i'aduance icy me vient de bonne part.

LELIE.

Quiconque vous l'a dit, est vn lasche, vn pendard;
On ne peut imposer de tache à cette fille:
Ie connois bien son cœur.

LEANDRE.

Mais enfin Mascarille,
D'vn semblable procez est juge competant;
C'est luy qui la condamne.

LELIE.

Ouy?

LEANDRE.

Luy-mesme.

LELIE.

Il pretend
D'vne fille d'honneur insolemment médire,
Et que peut-estre encor ie n'en feray que rire.
Gage qu'il se dédit.

LEANDRE.

Et moy gage que non.

LELIE.

Parbleu, ie le ferois mourir sous le baston,
S'il m'auoit soûtenu des faussetez pareilles.

LEANDRE.

Moy, ie luy couperois sur le champ les oreilles,
S'il n'estoit pas garant de tout ce qu'il m'a dit.

SCENE V.

LELIE, LEANDRE, MASCARILLE.

LELIE.

AH! bon, bon, le voila, venez-çà, chien maudit.

MASCARILLE.

Quoy?

LELIE.

Langue de serpent fertile en impostures,
Vous osez sur Celie attacher vos morsures!
Et luy calomnier la plus rare vertu,
Qui puisse faire éclat sous vn sort abattu!

MASCARILLE.

Doucement, ce discours est de mon industrie.

LELIE.

Non, non, point de clin d'œil, & point de raillerie;
Ie suis aueugle à tout, sourd à quoy que ce soit;
Fust-ce mon propre frere, il me la payeroit;

Et

Et ſur ce que i'adore oſer porter le blaſme,
C'eſt me faire vne playe au plus tendre de l'ame;
Tous ces ſignes ſôt vains, quels diſcours as-tu faits?

MASCARILLE.

Mon Dieu, ne cherchons point querelle, ou ie m'en vais.

LELIE.

Tu n'eſchaperas pas.

MASCARILLE.

Ahii.

LELIE.

Parle donc, confeſſe.

MASCARILLE.

Laiſſez-moy, ie vous dy que c'eſt vn tour d'adreſſe.

LELIE.

Dépeſche, qu'as-tu dit? vuide entre nous ce poinct.

MASCARILLE.

I'ay dit ce que i'ay dit, ne vous emportez point.

LELIE.

Ah! ie vous feray bien parler d'vne autre ſorte.

LEANDRE.

Alte vn peu, retenez l'ardeur qui vous emporte.

MASCARILLE.

Fut-il iamais au monde vn eſprit moins ſenſé!

LELIE.

Laiſſez-moy contenter mon courage offencé.

LEANDRE.

C'eſt trop que de vouloir le battre en ma preſence.

LELIE.

Quoy! chaſtier mes gens, n'eſt pas en ma puiſſance?

LEANDRE.

Comment vos gens?

MASCARILLE.

Encor! il va tout découurir.

LELIE.

Quand i'aurois volonté de le battre à mourir,
Hé bien ? c'est mon valet ?

LEANDRE.

C'est maintenant le nostre.

LELIE.

Le trait est admirable ! & comment donc le vostre ?
Sans doute.....

MASCARILLE *bas.*

Doucement.

LELIE.

Hem, que veux-tu conter ?

MASCARILLE *bas.*

Ah ! le double bourreau qui me va tout gaster !
Et qui ne comprend rien quelque signe qu'on dõne.

LELIE.

Vous resuez bien, Leandre, & me la baillez bonne.
Il n'est pas mon valet ?

LEANDRE.

Pour quelque mal commis,
Hors de vostre seruice il n'a pas esté mis ?

LELIE.

Ie ne sçay ce que c'est.

LEANDRE.

Et plein de violence,
Vous n'auez pas chargé son dos auec outrance ?

LELIE.

Point du tout. Moy ? l'auoir chassé, roüé de coups ?
Vous vous mocquez de moy, Leandre, ou luy de vous.

MASCARILLE.

Pousse, pousse, bourreau, tu fais bien tes affaires.

LEANDRE.

Donc les coups de baston ne sont qu'imaginaires.

MASCARILLE.

Il ne ſçait ce qu'il dit, ſa memoire......

LEANDRE.

Non, non,
Tous ces ſignes pour toy ne diſent rien de bon;
Ouy, d'vn tour delicat mon eſprit te ſoupçonne;
Mais, pour l'inuention, va, ie te le pardonne;
C'eſt bien aſſez, pour moy, qu'il m'a deſabuſé,
De voir par quels motifs tu m'auois impoſé,
Et que m'eſtant commis à ton zele hipocrite,
A ſi bon compte encor ie m'en ſois trouué quitte:
Cecy doit s'appeller vn aduis au lecteur.
Adieu, Lelie, adieu, tres-humble ſeruiteur.

MASCARILLE.

Courage, mon garçon, tout heur nous accompagne,
Mettõs flamberge au vent, & brauoure en cãpagne,
Faiſons *L'Olibrius, l'occiſeur d'innocens.*

MASCARILLE.

Il t'auoit accuſé de diſcours médiſans
Contre......

MASCARILLE.

Et vous ne pouuiez ſouffrir mon artifice?
Luy laiſſer ſon erreur, qui vous rendoit ſeruice,
Et par qui ſon amour s'en eſtoit preſque allé?
Non, il a l'eſprit franc, & point diſſimulé:
Enfin, chez ſon riual ie m'ancre auec adreſſe,
Cette fourbe en mes mains va mettre ſa maiſtreſſe;
Il me la fait manquer auec de faux rapports:
Ie veux de ſon riual allentir les tranſports;
Mon braue incontinent vient qui le deſabuſe,
I'ay beau luy faire ſigne, & montrer que c'eſt ruſe;
Point d'affaire, il pourſuit ſa pointe iuſqu'au bout,
Et n'eſt point ſatisfait qu'il n'ait découuert tout;

Grand & sublime effort d'vn imaginatiue
Qui ne le cede point à personne qui viue!
C'est vne rare piece! & digne sur ma foy,
Qu'on en fasse present au cabinet d'vn Roy!

LELIE.

Ie ne m'estonne pas si ie romps tes attentes;
A moins d'estre informé des choses que tu tentes,
I'en ferois encor cent de la sorte?

MASCARILLE.

Tant pis.

LELIE.

Au moins, pour t'emporter à de iustes dépits,
Fay moy dans tes desseins entrer de quelque chose;
Mais que de leurs ressorts la porte me soit clause,
C'est ce qui fait toûjours que ie suis pris sans vert.

MASCARILLE.

Ie crois que vous seriez vn maistre d'Arme expert:
Vous sçauez à merueilles en toutes aduantures
Prendre les contretemps, & rompre les mesures.

LELIE.

Puisque la chose est faitte, il n'y faut plus penser:
Mon riual en tout cas ne peut me trauerser,
Et pourueu que tes soins en qui ie me repose......

MASCARILLE.

Laissons-là ce discours, & parlons d'autre chose,
Ie ne m'appaise pas, non, si facilement,
Ie suis trop en colere; il faut premierement
Me rendre vn bon office, & nous verrons en suitte,
Si ie dois de vos feux reprendre la conduitte.

LELIE.

S'il ne tient qu'à cela, ie n'y resiste pas;
As-tu besoin? dis-moy, de mon sang? de mes bras.

MASCARILLE.

De quelle viſion ſa ceruelle eſt frappée !
Vous eſtes de l'humeur de ces amis d'eſpée,
Que l'on trouue touſiours plus prompts à dégainer,
Qu'à tirer vn teſton, s'il falloit le donner.

LELIE.

Que puis-ie donc pour toy ?

MASCARILLE.

C'eſt que de voſtre pere,
Il faut abſolument appaiſer la colere.

LELIE.

Nous auons fait la paix.

MASCARILLE.

Ouy, mais non pas pour nous:
Ie l'ay fait ce matin mort pour l'amour de vous;
La viſion le choque, & de pareilles feintes
Aux vieillards, comme luy, ſont de dures atteintes,
Qui ſur l'eſtat prochain de leur condition,
Leur font faire à regret triſte reflexion:
Le bon homme, tout vieux, cherit fort la lumiere,
Et ne veut point de ieu deſſus cette matiere;
Il craint le pronoſtic, & contre moy faſché,
On m'a dit qu'en iuſtice il m'auoit recherché:
I'ay peur, ſi le logis du Roy fait ma demeure,
De m'y trouuer ſi bien dés le premier quart d'heure,
Que i'aye peine auſſi d'en ſortir par apres:
Contre moy dés long-temps on a force decrets;
Car enfin, la vertu n'eſt iamais ſans enuie,
Et dans ce maudit ſiecle, eſt toûjours pourſuiuie.
Allez donc le fléchir.

LELIE.

Ouy, nous le fléchirons:
Mais auſſi tu promets......

MASCARILLE.

Ah! mon Dieu, nous verrons.
Ma foy, prenons halaine apres tant de fatigues,
Cessons pour quelque tẽps le cours de nos intrigues,
Et de nous tourmenter de mesme qu'vn lutin:
Leandre, pour nous nuire, est hors de garde enfin,
Et Celie arrestée auecque l'artifice......

SCENE V.

ERGASTE, MASCARILLE,

ERGASTE.

IE te cherchois par tout pour te rendre vn seruice,
Pour te donner aduis d'vn secret important.

MASCARILLE.

Quoy donc?

ERGASTE.

N'auons-nous point icy quelque écoutant?

MASCARILLE.

Non.

ERGASTE.

Nous sommes amis autant qu'on le peut estre,
Ie sçay bien tes desseins, & l'amour de ton maistre;
Songez à vous tantost, Leandre fait party
Pour enleuer Celie, & i'en suis aduerty,
Qu'il a mis ordre à tout, & qu'il se persuade
D'entrer chez Trufaldin par vne mascarade,

Ayant ſçeu qu'en ce temps, aſſez ſouuent le ſoir,
Des femmes du Quartier en maſque l'alloient voir.

MASCARILLE.

Ouy! ſuffit; il n'eſt pas au comble de ſa ioye,
Ie pourray bien tantoſt luy ſouffler cette proye;
Et contre cét aſſaut ie ſçais vn coup fourré,
Par qui ie veux qu'il ſoit de luy-meſme enferré;
Il ne ſçait pas les dons dont mon ame eſt pourueuë.
Adieu, nous boirons peinte à la premiere veuë.
Il faut, il faut tirer à nous ce que d'heureux
Pourroit auoir en ſoy ce projet amoureux,
Et par vne ſurpriſe adroitte, & non commune,
Sans courir le danger en tenter la fortune:
Si ie vais me maſquer pour deuancer ſes pas,
Leandre aſſeurément ne nous brauera pas;
Et la premiere que luy, ſi nous faiſons la priſe,
Il aura fait pour nous les frais de l'entrepriſe;
Puiſque par ſon deſſein deſia preſque éuanté,
Le ſoupçon tombera toûjours de ſon coſté,
Et que nous à couuert de toutes ſes pourſuittes,
De ce coup hazardeux ne craindrõs point les ſuittes;
C'eſt ne ſe point commettre à faire de l'éclat,
Et tirer les marrons de la patte du chat:
Allons dõc nous maſquer auec quelques bõs freres,
Pour préuenir nos gens, il ne faut tarder gueres;
Ie ſçais ou giſt le lieure, & me puis ſans trauail
Fournir en vn moment d'hommes, & d'attirail;
Croyez que ie mets bien mon adreſſe en vſage,
Si i'ay receu du Ciel les fourbes en partage,
Ie ne ſuis point au rang de ſes eſprits mal nez,
Qui cachent les talens que Dieu leur a donnez.

SCENE VI.

LELIE, ERGASTE.

LELIE.

IL pretend l'enleuer auec ſa maſcarade ?

ERGASTE.

Il n'eſt rien plus certain ; quelqu'vn de ſa brigade,
M'ayant de ce deſſein inſtruit, ſans m'arreſter,
A Maſcarille lors i'ay couru tout conter,
Qui s'en va, m'a-t'il dit, rompre cette partie,
Par vne inuention deſſus le champ baſtie ;
Et comme ie vous ay rencontré par hazard,
I'ay crû que ie deuois de tout vous faire part.

LELIE.

Tu m'obliges par trop auec cette nouuelle :
Va, ie reconnoiſtray ce ſeruice fidelle ;
Mon drôle aſſeurément leur ioüera quelque trait :
Mais ie veux de ma part ſeconder ſon projet :
Il ne ſera pas dit, qu'en vn fait qui me touche,
Ie ne me ſois non plus remué qu'vne ſouche ;
Voicy l'heure, ils ſeront ſurpris à mon aſpect,
Foin, que n'ay-ie auec moy pris mon porte reſpect ;
Mais, vienne qui voudra contre noſtre perſonne,
I'ay deux bons piſtolets, & mon eſpée eſt bonne.
Hola, quelqu'vn, vn mot.

SCCNE VII.

LELIE, TRVFALDIN.

TRVFALDIN.

QV'est-ce? qui me vient voir ?
LELIE.
Fermez soigneusement vostre porte ce soir.
TRVFALDIN.
Pourquoy ?
LELIE.
Certaines gens font vne mascarade,
Pour vous venir donner vne fâcheuse aubade ;
Ils veulent enleuer vostre Celie.
TRVFALDIN.
O ! Dieux !
LELIE.

Et, sans doute bien-tost, ils viennent en ces lieux ;
Demeurez, vous pourrez voir tout de la fenestre :
Et bien ? qu'auois-ie dit ? les voyez-vous paroistre ?
Chut, ie veux à vos yeux leur en faire l'affront,
Nous allons voir beau ieu, si la corde ne rompt.

SCENE VIII.

LELIE, TRVFALDIN, MASCARILLE *masqué*.

TRVFALDIN.

O! Les plaisans robins qui pensent me surprendre!

LELIE.

Masques, ou courez-vous? le pourroit-on apprẽdre?
Trufaldin, ouurez-leur pour ioüer vn momon;
Bon Dieu! qu'elle est iolie! & qu'elle a l'air mignon!
Et quoy! vous murmurez! mais, sans vous faire outrage,
Peut-on leuer le masque, & voir vostre visage?

TRVFALDIN.

Allez, fourbes méchans, retirez-vous d'icy,
Canaille; & vous, Seigneur, bon soir, & grãd mercy.

LELIE.

Mascarille, est-ce toy?

MASCARILLE.

Nenny da, c'est quelqu'autre.

LELIE.

Helas! quelle surprise! & quel sort est le nostre!
L'aurois-ie deuiné! n'estant point aduerty
Des secrettes raisons qui l'auoient trauesty!
Malheureux que ie suis, d'auoir dessous ce masque,
Esté sans y penser te faire cette frasque!

Il me prendroit enuie, en ce iuste courroux,
De me battre moy-mesme, & me donner cent coups.

MASCARILLE.

Adieu, sublime esprit; rare imaginatiue.

LELIE.

Las! si de ton secours ta colere me priue,
A quel Sainct me voüeray-ie?

MASCARILLE.

Au grand diable d'Enfer.

LELIE

Ah! si ton cœur pour moy n'est de bronze, ou de fer,
Qu'encore vn coup, du moins, mon imprudence ait grace,
S'il faut pour l'obtenir que tes genoux i'embrasse,
Voy moy......

MASCARILLE.

Tarare, allons camarades, allons;
I'entends venir des gens qui sont sur nos talons.

SCENE IX.

LEANDRE masqué, & sa suitte, TRVFALDIN.

LEANDRE.

SAns bruit; ne faisons rien que de la bonne sorte.

TRVFALDIN.

Quoy! masques toute nuit assiegeront ma porte!

Messieurs, ne gagnez point de rheumes à plaisir,
Tout cerueau qui le fait, est certes de loisir;
Il est vn peu trop tard pour enleuer Celie,
Dispensez-l'en ce soir, elle vous en suplie:
La belle est dans le lit, & ne peut vous parler;
I'en suis fasché pour vous: Mais, pour vous régaler
Du soucy qui pour elle icy vous inquiette,
Elle vous fait present de cette cassollette.

LEANDRE.

Fy, cela sent mauuais, & ie suis tout gasté;
Nous sommes découuerts, tirons de ce costé.

Fin du troisiéme Acte.

ACTE IV.

SCENE PREMIERE.

LELIE, MASCARILLE.

MASCARILLE.

Ous voila fagoté d'vne plaisante sorte.

LELIE.

Tu ranimes par là mon esperance morte.

MASCARILLE.

Tousiours de ma colere on me voit reuenir;
I'ay beau iurer, pester, ie ne m'en puis tenir.

LELIE.

Aussi, croy, si iamais ie suis dans la puissance,
Que tu seras content de ma reconnoissance;
Et, que, quand ie n'aurois qu'vn seul morceau de pain......

MASCARILLE.

Baste, songez à vous, dans ce nouueau dessein;
Au moins, si l'on vous voit commettre vne sottise,
Vous n'imputerez plus l'erreur à la surprise,
Vostre rôle en ce ieu par cœur doit estre sceu.

LELIE.

Mais comment Trufaldin chez luy t'a-t'il receu?

MASCARILLE.

D'vn zele simulé i'ay bridé le bon sire;
Auec empressement ie suis venu luy dire,
S'il ne songeoit à luy, que l'on le surprendroit,
Que l'on couchoit en iouë, & de plus d'vn endroit
Celle, dont il a veu, qu'vne lettre en aduance,
Auoit si faussement diuulgué la naissance;
Qu'on auoit bien voulu m'y mesler quelque peu;
Mais que i'auois tiré mon épingle du ieu:
Et que, touché d'ardeur pour ce qui le regarde,
Ie venois l'aduertir de se donner de garde.
De là, moralisant, i'ay fait de grands discours,
Sur les fourbes qu'on voit icy bas tous les iours;
Que, pour moy, las du monde, & de sa vie infame,
Ie voulois trauailler au salut de mon ame;
A m'esloigner du trouble, & pouuoir longuement,
Prés de quelque honneste homme estre paisiblemẽt:
Que s'il le trouuoit bon, ie n'aurois d'autre enuie,
Que de passer chez luy le reste de ma vie;
Et que mesme a tel poinct il m'auoit sçeu rauir,
Que sans luy demander gages pour le seruir,
Ie mettrois en ses mains, que ie tenois certaines,
Quelque bien de mon pere, & le fruit de mes peines,
Dont, aduenant que Dieu de ce monde m'ostast,
I'entendois tout de bon que luy seul heritast.
C'estoit le vray moyen d'acquerir sa tendresse,
Et, comme pour resoudre auec vostre maistresse,
Des biais qu'on doit prendre à terminer vos vœux,
Ie voulois en secret vous aboucher tous deux,
Luy-mesme a sçeu m'ouurir vne voye assez belle,
De pouuoir hautement vous loger auec elle,

Venant m'entretenir d'vn fils priué du iour,
Dont cette nuict en songe il a veu le retour:
A ce propos, voicy l'histoire qu'il ma ditte,
Et sur qui i'ay tantost nostre fourbe construitte.

LELIE.

C'est assez, ie sçais tout: tu me l'as dit deux fois.

MASCARILLE.

Ouy,ouy;mais,quand i'aurois passé iusques a trois,
Peut-estre encor qu'auec toute sa suffisance,
Vostre esprit manquera dans quelque circonstance.

LELIE.

Mais, à tant differer ie me fais de l'effort.

MASCARILLE.

Ah! depeur de tomber, ne courons pas si fort.
Voyez-vous? vous auez la caboche vn peu dure;
Rendez-vous affermy dessus cette aduanture.
Autrefois Trufaldin de Naples est sorty,
Et s'appelloit alors *Zanobio Ruberty*:
Vn party qui causa quelque esmeute ciuile,
Dont il fut seulement soupçonné dans sa ville,
De fait, il n'est pas homme à troubler vn Estat,
L'obligea d'en sortir vne nuit sans éclat.
Vne fille fort ieune, & sa femme laissées,
A quelque temps de là se trouuant trespassées,
Il en eut la nouuelle, & dans ce grand ennuy,
Voulant dans quelque ville emmener auec luy,
Outre ses biens, l'espoir qui restoit de sa rare,
Vn sien fils Escollier, qui se nommoit Horace;
Il écrit à Bologne, où pour mieux estre instruit,
Vn certain maistre Albert ieune l'auoit conduit;
Mais pour se ioindre tous, le rēdez-vous qu'il dōne,
Durant deux ans entiers, ne luy fit voir personne:
Si bien, que les iugeant morts apres ce temps la,
Il vint en cette ville, & prit le nom qu'il a;

Sans que de cét Albert, ny de ce fils Horace,
Douze ans ayent découuert iamais la moindre trace.
Voila l'histoire en gros redite seulement,
Afin de vous seruir icy de fondement
Maintenant, vous serez vn Marchand d'Armenie,
Qui les aurez veu sains l'vn & l'autre en Turquie.
Si i'ay plutost qu'aucun, vn tel moyen trouué,
Pour les ressusciter sur ce qu'il a resué;
C'est qu'en fait d'aduanture, il est tres-ordinaire,
De voir gẽs pris sur mer par quelque Turc Corsaire,
Puis estre à leur famille à poinct nommé rendus,
Apres quinze ou vingt ans qu'on les a crû perdus.
Pour moy, i'ay veu desia cent contes de la sorte.
Sans nous alambiquer, seruõs nous-en, qu'importe?
Vous leur aurez ouy leur disgrace conter;
Et leur aurez fourny dequoy se racheter.
Mais que party plutost, pour chose necessaire,
Horace vous chargea de voir icy son pere,
Dont il a sceu le sort, & chez qui vous deuez
Attendre quelques iours qu'ils seroient arriuez;
Ie vous ay fait tantost des leçons estenduës.

LELIE.

Ces repetitions ne sont que superfluës.
Dés l'abord mon esprit a compris tout le fait.

MASCARILLE.

Ie m'en vais la dedans donner le premier trait.

LELIE.

Escoute Mascarille, vn seul poinct me chagrine,
S'il alloit de son fils me demander la mine?

MASCARILLE.

Belle difficulté! deuez-vous pas sçauoir
Qu'il estoit fort petit alors qu'il l'a pû voir;
Et puis, outre cela, le temps & l'esclauage,
Pourroient-ils pas auoir changé tout son visage?

LELIE.

Il est vray; mais dy moy, s'il connoit qu'il m'a veu,
Que faire?

MASCARILLE.

De memoire estes-vous depourueu?
Nous auons dit tantost, qu'outre que vostre image
N'auoit dans son esprit pû faire qu'vn passage,
Pour ne vous auoir veu que durant vn moment,
Et le poil & l'habit déguisoient grandement.

LELIE.

Fort bien: mais, à propos, cét endroit de Turquie?..

MASCARILLE.

Tout, vous dis-ie, est égal, Turquie, ou Barbarie.

LELIE.

Mais, le nom de la ville ou i'auray pû les voir?

MASCARILLE.

Thunis. Il me tiendra, ie croy iusques au soir:
La repetition, dit-il, est inutile,
Et i'ay desia nommé douze fois cette ville.

LELIE.

Va, va-t'en commencer, il ne me faut plus rien.

MASCARILLE.

Au moins, soyez prudent, & vous conduisez bien:
Ne donnez point icy de l'imaginatiue.

LELIE.

Laisse moy gouuerner: que ton ame est craintiue!

MASCARILLE.

Horace dans Bologne Escolier; Trufaldin
Zanobio Ruberty, dans Naples Citarlin;
Le Precepteur Albert......

LELIE.

Ah! c'est me faire honte;
Que de me tant prescher; suis-ie vn sot à ton conte?

MASCARILLE.

Non pas du tout; mais bien quelque chose aprochãt.

LELIE *seul.*

Quand il m'est inutile, il fait le chien couchant:
Mais, parce qu'il sent bien le secours qu'il me dõne,
Sa familiarité iusques là s'abandonne.
Ie vais estre de prés éclairé des beaux yeux,
Dont la force m'impose vn ioug si precieux;
Ie m'en vais sans obstacle, auec des traits de flâme,
Peindre à cette beauté les tourmens de mon ame;
Ie sçauray quel arrest ie doy.... mais les voicy.

SCENE II.

TRVFALDIN, LELIE, MASCARILLE.

TRVFALDIN.

Sois beny, iuste Ciel! de mon sort adoucy.

MASCARILLE.

C'est à vous de réuer, & de faire des songes,
Puis qu'en vous, il est faux, que songes sont mensonges.

TRVFALDIN.

Quelle grace, quels biens, vous rẽdray-ie, Seigneur?
Vous, que ie dois nommer l'Ange de mon bon-heur.

LELIE.

Ce sont soins superflus, & ie vous en dispense.

TRVFALDIN.

I'ay, ie ne sçay pas ou, vû quelque ressemblance
De cét Armenien.

MASCARILLE.

C'est ce que ie disois;
Mais on voit des rapports admirables par fois.

TRVFALDIN.

Vous auez veu ce fils ou mon espoir se fonde?

LELIE.

Ouy, Seigneur Trufaldin, le plus gaillard du mõde.

TRVFALDIN.

Il vous a dit sa vie, & parlé fort de moy?

LELIE.

Plus de dix mille fois.

MASCARILLE.

Quelque peu moins, ie croy.

LELIE.

Il vous a dépeint tel que ie vous voy paroistre,
Le visage, le port....

TRVFALDIN.

Cela pourroit-il estre?
Si lors qu'il m'a pû voir il n'auoit que sept ans?
Et si son Precepteur, mesme depuis ce temps,
Auroit peine à pouuoir connoistre mon visage?

MASCARILLE.

Le sang, bien autrement, conserue cette image;
Par des traits si profonds, ce portrait est tracé,
Que mon pere.....

TRVFALDIN.

Suffit. Ou l'auez-vous laissé?

LELIE.

En Turquie, à Thurin.

TRVFALDIN.

Turin? mais cette ville
Est, ie pense, en Piedmont.

MASCARILLE.

O! cerueau mal-habile!
Vous ne l'entendez pas, il veut dire Thunis,
Et c'est en effet là qu'il laissa vostre fils:
Mais les Armeniens ont tous vne habitude,
Certain vice de langue à nous autre fort rude;
C'est que dans tous les mots, ils changent nis en rin,
Et pour dire Thunis, ils prononcent Thurin.

TRVFALDIN.

Il falloit, pour l'entendre, auoir cette lumiere.
Quel moyen, vous dit-il, de rencontrer son pere?

MASCARILLE.

Voyez s'il répondra. Ie re passois vn peu
Quelque leçon d'escrime; autrefois en ce ieu
Il n'estoit point d'adresse à mon adresse égale,
Et i'ay battu le fer en mainte & mainte salle.

TRVFALDIN.

Ce n'est pas maintenant ce que ie veux sçauoir.
Quel autre nom, dit-il, que ie deuois auoir?

MASCARILLE.

Ah! Seigneur Zanobio Ruberty, quelle ioye
Est celle maintenant que le Ciel vous enuoye!

LELIE.

C'est là vostre vray nom, & l'autre est emprunté.

TRVFALDIN.

Mais, ou vous a-t'il dit qu'il receut la clarté?

MASCARILLE.

Naples est vn sejour qui paroist agreable:
Mais, pour vous, ce doit estre vn lieu fort haïssable.

TRVFALDIN.

Ne peux-tu ſans parler, ſouffrir noſtre diſcours?

LELIE.

Dans Naples ſon deſtin a commencé ſon cours.

TRVFALDIN.

Ou l'enuoyay-ie ieune? & ſous quelle conduitte?

MASCARILLE.

Ce pauure maiſtre Albert a beaucoup de merite,
D'auoir depuis Bologne accompagné ce fils,
Qu'à ſa diſcretion vos ſoins auoient commis.

TRVFALDIN.

Ah!

MASCARILLE.

Nous ſommes perdus, ſi cét entretien dure.

TRVFALDIN.

Ie voudrois bien ſçauoir de vous leur aduanture;
Sur quel vaiſſeau le ſort qui m'a ſçeu trauailler.....

MASCARILLE.

Ie ne ſçay ce que c'eſt, ie ne fay que baailler;
Mais, Seigneur Trufaldin, ſongez-vous que peut-
eſtre,
Ce monſieur l'eſtranger a beſoin de repaiſtre?
Et qu'il eſt tart auſſi?

LELIE.

Pour moy, point de repas.

MASCARILLE.

Ah! vous auez plus faim que vous ne penſez pas.

TRVFALDIN.

Entrez donc.

LELIE.

Apres vous.

MASCARILLE.

Monſieur, en Armenie,
Les maiſtres du logis ſont ſans ceremonie.

Pauure esprit ! pas deux mots !

LELIE.

D'abord il m'a surpris ;
Mais n'aprehende plus, ie reprends mes esprits,
Et m'en vais debiter auecque hardiesse.....

MASCARILLE.

Voicy nostre riual qui ne sçait pas la piece.

SCENE III.

LEANDRE, ANSELME.

ANSELME.

ARrestez-vous, Leandre, & souffrez vn discours,
Qui cherche le repos & l'honneur de vos iours;
Ie ne vous parle point en pere de ma fille,
En homme interessé pour ma propre famille ;
Mais comme vostre pere émû pour vostre bien,
Sans vouloir vous flatter, & vous déguiser rien ;
Bref, cõme ie voudrois, d'vne ame franche & pure,
Que l'on fist à mon sang, en pareille aduanture.
Sçauez-vous de quel œil chacun voit cét amour,
Qui dedans vne nuit vient d'éclater au iour ?
A combien de discours, & de traits de risée,
Vostre entreprise d'hier est par tout exposée ?
Quel iugement on fait du choix capricieux,
Qui pour femme, dit-on, vous designe en ces lieux ?
Vn rebut de l'Egypte, vne fille coureuse,
De qui le noble employ, n'est qu'vn mestier de gueuse ?

I'en ay rougy pour vous, encor plus que pour moy,
Qui me trouue compris dans l'éclat que ie voy,
Moy, dis-ie, donc la fille à vos ardeurs promise,
Ne peut sans quelque affront souffrir qu'on la mé-
prise.
Ah! Leandre, sortez de cét abaissement;
Ouurez vn peu les yeux sur vostre aueuglement:
Si nostre esprit n'est pas sage à toutes les heures,
Les plus courtes erreurs sōt toûjours les meilleures.
Quand on ne prend en dot que la seule beauté,
Le remords est bien prés de la solemnité,
Et la plus belle femme a tres-peu de deffence,
Contre cette tiedeur qui suit la ioüissance:
Ie vous le dis encor, ces boüillans mouuements,
Ces ardeurs de ieunesse, & ces emportemens,
Nous fōt trouuer d'abord quelques nuits agreables:
Mais ces felicitez ne sont gueres durables,
Et nostre passion allentissant son cours,
Apres ces bonnes nuits donnent de mauuais iours.
De là viennent les soins, les soucis, les miseres,
Les fils des-heritez par le courroux des peres.

LEANDRE.

Dans tout vostre discours, ie n'ay rien écouté,
Que mon esprit desia ne m'ait representé.
Ie sçay, combien ie dois, à cét honneur insigne,
Que vous me voulez faire, & dont ie suis indigne;
Et vois, malgré l'effort dont ie suis combattu,
Ce que vaut vostre fille, & quelle est sa vertu:
Aussi veux-ie tascher....

ANSELME.

On ouure cette porte,
Retirons-nous plus loin, de crainte qu'il n'en sorte
Quelque secret poison dont vous seriez surpris.

SCENE IV.

LELIE, MASCARILLE.

MASCARILLE.

BIen-toſt de noſtre fourbe on verra le debris,
Si vous continuez des ſottiſes ſi grandes.

LELIE.

Dois-ie eternellement ouyr tes reprimandes ?
Dequoy te peux-tu plaindre ? ay-ie pas reüſſi
En tout ce que i'ay dit depuis......

MASCARILLE.

Couſſi, couſſi;
Témoin les Turcs par vous appellez heretiques,
Et que vous aſſeurez, par ſerments authentiques,
Adorer pour leurs Dieux la Lune, & le Soleil.
Paſſe : ce qui me donne vn deſpit nompareil,
C'eſt, qu'icy voſtre amour étrangement s'oublie
Prés de Celie, il eſt ainſi que la boüillie,
Qui par vn trop grand feu s'enfle, croit iuſqu'au bords,
Et de tous les coſtez ſe répand au dehors.

LELIE.

Pourroit-on ſe forcer à plus de retenuë!
Ie ne l'ay preſque point encore entretenuë.

MASCARILLE.

Ouy, mais ce n'eſt pas tout que de ne parler pas;
Par vos geſtes, durant vn moment de repas,

Vous auez aux ſoupçons donné plus de matiere,
Que d'autres ne feroient dans vne année entiere.

LELIE.

Et comment donc?

MASCARILLE.

Comment? chacun a pû le voir.
A table, ou Trufaldin l'oblige de ſe ſeoir,
Vous n'auez toûjours fait qu'auoir les yeux ſur elle;
Rouge, tout interdit, ioüant de la prunelle,
Sans prendre iamais garde à ce qu'on vous ſeruoit,
Vous n'auiez point de ſoif qu'alors qu'elle beuuoit;
Et dans ſes propres mains vous ſaiſiſſant du verre,
Sans le vouloir rinſer, ſans rien ietter à terre,
Vous beuuiez ſur ſon reſte, & montriez d'affecter
Le coſté qu'à ſa bouche elle auoit ſceu porter.
Sur les morceaux touchez de ſa main delicate,
Ou mordus de ſes dents, vous eſtendiez la patte
Plus brusquement qu'vn chat deſſus vne ſouris,
Et les aualiez tout ainſi que des pois gris.
Puis, outre tout cela, vous faiſiez ſous la table,
Vn bruit, vn triquetrac de pieds inſuportable;
Dont Trufaldin heurté de deux coups trop preſſās,
A puny par deux fois, deux chiens tres-innocens,
Qui, s'ils euſſent oſé, vous euſſent fait querelle:
Et, puis apres cela voſtre conduitte eſt belle?
Pour moy, i'en ay ſouffert la geſne ſur mon corps;
Malgré le froid, ie ſuë encor de mes efforts;
Attaché deſſus vous, comme vn ioüeur de boule,
Apres le mouuement de la ſienne qui roule,
Ie penſois retenir toutes vos actions,
En faiſant de mon corps mille contorſions.

LELIE.

Mon Dieu! qu'il t'est aisé de condamner des choses,
Donc tu ne ressens point les agreables causes!
Ie veux bien neantmoins, pour te plaire vne fois,
Faire force à l'amour qui m'impose des loix :
Desormais......

SCENE V.

LELIE, MASCARILLE. TRVFALDIN.

MASCARILLE.

Nous parlions des fortunes d'Horace.

TRVFALDIN.

C'est bien fait. Cependant me ferez-vous la grace
Que ie puisse luy dire vn seul mot en secret?

LELIE.

Il faudroit autrement estre fort indiscret.

TRVFALDIN.

Escoute, sçais-tu bien ce que ie viens de faire?

MASCARILLE.

Non : mais si vous voulez ie ne tarderay guere,
Sans doute, à le sçauoir.

TRVFALDIN.

D'vn chesne grand & fort,
Dont prés de deux cent ans ont fait desia le sort,

Ie viens de détacher vne branche admirable,
Choisie expressément, de grosseur raisonnable,
Dont i'ay fait sur le chãp auec beaucoup d'ardeur,
Vn baston à peu pres.... ouy, de cette grandeur;
Moins gros par l'vn des bouts, mais plus que trente gaules
Propre, comme ie pense, à rosser les espaules;
Car il est bien en main, vert, noüeux & massif.

MASCARILLE.

Mais, pour qui, ie vous prie, vn tel preparatif?

TRVFALDIN.

Pour toy premierement, puis pour ce bon apostre,
Qui veut m'en donner d'vne, & m'en ioüer d'vn autre:
Pour cét Armenien, ce Marchand déguisé,
Introduit sous l'appas d'vn conte supposé.

MASCARILLE.

Quoy? vous ne croyez pas?......

TRVFALDIN.

Ne cherche point d'excuse,
Luy-mesme heureusement a découuert sa ruse,
Et disant à Celie, en luy serrant la main,
Que pour elle il venoit sous ce pretexte vain:
Il n'a pas a perceu Ieannette ma fillole,
Laquelle a tout ouy parole pour parole;
Et ie ne doute point, quoy qu'il n'en ait rien dit,
Que tu ne sois de tout le complice maudit.

MASCARILLE.

Ah! vous me faittes tort! s'il faut qu'on vous affrõte;
Croyez qu'il ma trompé le premier à ce conte.

TRVFALDIN.

Veux-tu me faire voir que tu dis verité?
Qu'à le chasser mon bras soit du tien assisté;

Donnons-en à ce fourbe, & du long, & du large,
Et de tout crime apres mon esprit te décharge.

MASCARILLE.

Ouy-da, tres-volontiers, ie l'espousteray bien,
Et par là vous verrez que ie n'y trempe en rien.
Ah! vous serez rossé, monsieur de l'Armenie,
Qui tousiours gastez tout.

SCENE VI.

LELIE, TRVFALDIN.
MASCARILLE.

TRVFALDIN.

Vn mot, ie vous suplie.
Donc, monsieur l'imposteur, vous osez aujourd'huy
Dupper vn honneste homme, & vous ioüer de luy?

MASCARILLE.

Feindre auoir veu son fils en vne autre contrée!
Pour vous donner chez luy plus aisément entrée.

TRVFALDIN.

Vuidons, vuidons sur l'heure.

LELIE.

Ah coquin!

MASCARILLE.

C'est ainsi
Que les fourbes......

LELIE.

Bourreau!

MASCARILLE.

Sont aiustez icy.
Garde moy bien cela.

LELIE.

Quoy donc? ie serois homme....

MASCARILLE.

Tirez, tirez, vous dis-ie, ou bien ie vous assomme.

TRVFALDIN.

Voila qui me plaist fort; rentre, ie suis content.

LELIE.

A moy! par vn valet cét affront éclattant!
L'auroit-on pû preuoir l'action de ce traistre!
Qui vient insolemment de mal-traitter son maistre.

MASCARILLE.

Peut-on vous demander comme va vostre dos?

LELIE.

Quoy? tu m'oses encor tenir vn tel propos.

MASCARILLE.

Voila, voila que c'est, de ne voir pas Ieannette,
Et d'auoir en tout temps vne langue indiscrette;
Mais pour cette fois cy, ie n'ay point de courroux,
Ie cesse d'éclatter, de pester contre vous;
Quoy que de l'action l'imprudence soit haute,
Ma main sur vostre eschine a laué vostre faute.

LELIE.

Ah ! ie me vengeray de ce trait déloyal.

MASCARILLE.

Vous vous estes causé vous-mesme tout le mal.

LELIE.

Moy !

MASCARILLE.

Si vous n'estiez pas vne ceruelle folle,
Quand vous auez parlé n'aguere à vostre idole,
Vous auriez aperceu Ieannette sur vos pas,
Dont l'oreille subtile a découuert le cas.

LELIE.

On auroit pû surprendre vn mot dit à Celie !

MASCARILLE.

Et d'où doncques viendroit cette prompte sortie ?
Ouy, vous n'estes dehors que par vostre caquet ;
Ie ne sçay si souuent vous ioüez au piquet ;
Mais, au moins, faittes-vous des écarts admirables.

LELIE.

O ! le plus malheureux de tous les miserables !
Mais encore, pourquoy me voir chassé par toy ?

MASCARILLE.

Ie ne fis iamais mieux que d'en prendre l'employ ;
Par là, i'empesche au moins que de cét artifice,
Ie ne sois soupçonné d'estre autheur, ou complice,

LELIE.

Tu deuois donc, pour toy, frapper plus doucement.

MASCARILLE.

Quelque sot, Trufaldin l'orgnoit exactement.
Et puis ie vous diray, sous ce pretexte vtile,
Ie n'estois point fasché d'éuaporer ma bile:
Enfin la chose est faitte, & si i'ay vostre foy,
Qu'on ne vous verra point vouloir venger sur moy,
Soit, ou directement, ou par quelqu'autre voye,
Les coups sur vostre rable assenez auec ioye,
Ie vous promets aydé par le poste où ie suis,
De contenter vos vœux auant qu'il soit deux nuits.

LELIE.

Quoy que ton traittement ait eu trop de rudesse,
Qu'est-ce que dessus moy ne peut cette promesse?

MASCARILLE.

Vous le promettez donc?

LELIE.

Ouy, ie te le promets.

MASCARILLE.

Ce n'est pas encor tout, promettez que iamais
Vous ne vous mélerez dans quoy que i'entreprenne.

LELIE.

Soit.

MASCARILLE.

Si vous y manquez, vostre fiévre quartaine.

LELIE.

Mais tiensmoy donc parole, & songe à mon repos.

MASCARILLE.

Allez quitter l'habit, & graisser vostre dos.

LELIE.

Faut-il que le malheur qui me suit à la trace,
Me fasse voir tousiours disgrace sur disgrace?

MASCARILLE.

Quoy! vous n'estes pas loin! sortez viste d'icy;
Mais, sur tout, gardez-vous de prẽdre aucun soucy:
Puis que ie fais pour vous, que cela vous suffise;
N'aydez point mõ projet de la moindre entreprise...
Demeurez en repos.

LELIE.

Ouy, va, ie m'y tiendray.

MASCARILLE.

Il faut voir maintenant quel biais ie prendray.

SCENE VII.

ERGASTE, MASCARILLE.

ERGASTE.

MAscarille, ie viens te dire vne nouuelle,
Qui donne à tes desseins vne atteinte cruelle;
A l'heure que ie parle, vn ieune Egyptien,
Qui n'est pas noir pourtant, & sent assez son bien,
Arriue accompagné d'vne vieille fort haue,
Et vient chez Trufadin rachetter cette esclaue
Que vous vouliez. Pour elle, il paroist fort zelé.

MASCARILLE.

Sans doute, c'est l'amant dont Celie a parlé.
Fut-il iamais destin plus broüillé que le nostre!
Sortant d'vn embarras, nous entrons dans vn autre.
En vain nous apprenons que Leandre est au poinct
De quitter la partie, & ne nous troubler point;
Que son pere arriué contre toute esperance,
Du costé d'Hypolite emporte la balance;
Qu'il a tout fait changer par son authorité,
Et va dés aujourd'huy conclurre le traitté;
Lors qu'vn riual s'éloigne, vn autre plus funeste
S'en vient nous enleuer tout l'espoir qui nous reste:
Toutefois, par vn trait merueilleux de mon art,
Ie croy que ie pourray retarder leur depart,
Et me donner le temps qui sera necessaire,
Pour tacher de finir cette fameuse affaire.

Il s'est fait vn grand vol, par qui, l'on n'en sçait rien;
Eux autres rarement passent pour gens de bien:
Ie veux adroitement sur vn soupçon friuole,
Faire pour quelques iours emprisonner ce drole;
Ie sçay des Officiers de justice alterez,
Qui sont pour de tels coups de vrais deliberez:
Dessus l'auide espoir de quelque paraguante,
Il n'est rien que leur art aueuglement ne tente,
Et du plus innocent, tousiours à leur profit
La bource est criminelle, & paye son delit.

Fin du quatriéme Acte.

ACTE V.

SCENE PREMIERE.

MASCARILLE, ERGASTE.

MASCARILLE.

AH chien! ah double chien! matine de ceruelle,
Ta persecution sera-t'elle eternelle?

ERGASTE.

Par les soins vigilans de l'Exempt balafré,
Ton affaire alloit bien, le drôle estoit cofré,
Si ton maistre au moment ne fut venu luy-mesme,
En vray desesperé rompre ton stratagesme:
Ie ne sçaurois souffrir, a-t-il dit hautement,
Qu'vn honneste homme soit traisné honteusement;
I'en répons sur sa mine, & ie le cautionne:
Et comme on resistoit à lâcher sa personne,
D'abord il a chargé si bien sur les recorps,
Qui sont gens d'ordinaire à craindre pour leurs corps,

Qu'à l'heure que ie parle ils sont encore en fuite;
Et pensent tous auoir vn Lelie à leur suite.

MASCARILLE.

Le traistre ne sçait pas que cét Egyptien,
Est desia là dedans pour luy rauir son bien.

ERGASTE.

Adieu, certaine affaire à te quitter m'oblige.

MASCARILLE.

Ouy, ie suis stupe fait de ce dernier prodige;
On diroit, & pour moy, i'en suis persuadé,
Que ce demon broüillon, dont il est possedé,
Se plaise à me brauer, & me l'aille conduire,
Par tout ou sa presence est capable de nuire.
Pourtant, ie veux poursuiure, & malgré tous ces coups,
Voir qui l'emportera de ce diable, ou de nous:
Celie est quelque peu de nostre intelligence,
Et ne voit son depart qu'auecque repugnance;
Ie tasche à profiter de cette occasion:
Mais ils viennent; songeons à l'execution.
Cette maison meublée est en ma bien seance,
Ie puis en disposer auec grande licence;
Si le sort nous en dit, tout sera bien reglé,
Nul que moy ne s'y tient, & i'en garde la clé.
O! Dieu, qu'en peu de temps on a veu d'aduantures!
Et qu'vn fourbe est contraint de prendre de figures!

SCENE

SCENE II.

CELIE, ANDRES.

ANDRES.

VOus le sçauez, Celie, il n'est rien que mon cœur
N'ait fait, pour vous prouuer l'excez de son ardeur;
Chez les Venitiens, dés vn assez ieune âge,
La guerre en quelque estime auoit mis mõ courage,
Et i'y pouuois vn iour, sans trop croire de moy,
pretendre en les seruant, vn honorable employ:
Lors qu'on me vit pour vous oublier toute chose,
Et que le prompt effet d'vne methamorphose,
Qui suiuit de mon cœur le soudain changement,
Parmy vos compagnõs, sçeut ranger vostre Amant;
Sans que mille accidents, ny vostre indifferance,
Ayent pû me détacher de ma perseuerence:
Depuis, par vn hazard, d'auec vous separé,
Pour beaucoup plus de temps que ie n'eusse auguré,
Ie n'ay pour vous rejoindre épargné tẽps ny peine:
Enfin, ayant trouué la vieille Egyptienne,
Et plain d'impatience, aprenant vostre sort,
Que pour certain argent qui leur importoit fort,
Et qui de tous vos gens détourna le naufrage,
Vous auiez en ces lieux esté mise en ostage:
I'accours viste y briser ces chaînes d'interest,
Et receuoir de vous les ordres qu'il vous plaist:

Cependant on vous voit vne morne tristesse,
Alors que dans vos yeux doit briller l'allegresse;
Si pour vous la retraitte auoit quelques appas,
Venise, du butin fait parmy les combats,
Me garde pour tous deux, dequoy pouuoir y viure.
Que si, comme deuant, il vous faut encore suiure,
I'y consens, & mon cœur n'ambitionnera
Que d'estre auprés de vous tout ce qu'il vous plaira.

CELIE.

Vostre zele, pour moy, visiblement éclate;
Pour en paroistre triste, il faudroit estre ingrate;
Et mon visage aussi par son émotion,
N'explique point mon cœur en cette occasion;
Vne douleur de teste y peint sa violence,
Et, si i'auois sur vous quelque peu de puissance,
Nostre voyage, au moins, pour trois ou quatre iours,
Attendroit que ce mal eust pris vn autre cours.

ANDRES.

Autant que vous voudrez, faites qu'il se differe,
Toutes mes volontez ne buttent qu'à vous plaire;
Cherchons vne maison à vous mettre en repos,
L'escriteau que voicy s'offre tout à propos.

SCENE III.

MASCARILLE, CELIE, ANDRES.

ANDRES.

SEigneur Suiſſe, eſtes-vous de ce logis le maiſtre?
MASCARILLE.
Moy, pour ſerfir à fous.
ANDRES.
Pourrons-nous y bien eſtre?
MASCARILLE.
Ouy, moy pour d'eſtrancher chappon châpre garny;
Mais ché non point locher te gent te meſchant vy.
ANDRES.
Ie croy voſtre maiſon franche de tout ombrage.
MASCARILLE.
Fous nouuiau dant ſti fil, moy foir à la fiſſage.
ANDRES.
Ouy.
MASCARILLE.
La matame eſt-il mariage al montſieur?
ANDRES.
Quoy?
MASCARILLE.
S'il eſtre ſon fame, ou s'il eſtre ſon ſœur?
ANDRES.
Non.

MASCARILLE.

Mon foy, pien choly : finir pour marchandisse,
Ou pien pour temanter à la palais choustice ?
La procez, il fault rien, il couster tant tarchant,
La procurair larron, la focat pien meschant.

ANDRES.

Ce n'est pas pour cela.

MASCARILLE.

Fous tonc mener sti file,
Pour fenir pourmener, & recarter la file ?

ANDRES.

Il n'importe. Ie suis à vous dans vn moment,
Ie vay faire venir la vieille promptement,
Contremander aussi nostre voiture preste.

MASCARILLE.

Ly ne porte pas pien ?

ANDRES.

Elle a mal à la teste.

MASCARILLE.

Moy, chauoir de pon fin, & de fromage pon ;
Entre fous, entre fous, dans mon petit maisson.

SCENE IV.

LELIE, ANDRES.

LELIE.

QVelque soit le transport d'vne ame impatiente,
Ma parole m'engage a rester en attente ;
A laisser faire vn autre, & voir sans rien oser,
Comme de mes destins le Ciel veut disposer.
Demandiez-vous quelqu'vn dedans cette demeure?

ANDRES.

C'est vn logis garny que i'ay pris tout à l'heure.

LELIE.

A mon pere pourtant, la maison appartient,
Et mon valet la nuit, pour la garder s'y tient.

ANDRES.

Ie ne sçay, l'escriteau marque au moins qu'on la loüe :
Lisez.

LELIE.

Certes, cecy me surprend, ie l'aduoüe ;
Qui diantre l'auroit mis ? & par quel interest?....
Ah ! ma foy, ie deuine à peu prés ce que c'est ;
Cela ne peut venir que de ce que i'augure.

ANDRES.

Peut-on vous demander quelle est cette aduanture?

LELIE.

Ie voudrois à tout autre en faire vn grand secret;
Mais pour vous, il n'importe, & vous serez discret;
Sans doute, l'escriteau que vous voyez paroistre,
Comme ie coniecture, au moins ne sçauroit estre,
Que quelque inuention du valet que ie dy,
Que quelque nœud subtil qu'il doit auoir ourdy,
Pour mettre en mon pouuoir certaine Egyptienne,
Donc i'ay l'ame piquée, & qu'il faut que i'obtienne:
Ie l'ay desia manquée, & mesme plusieurs coups.

ANDRES.

Vous l'appellez?

LELIE.

Celie.

ANDRES.

Hé! que ne disiez-vous!
Vous n'auiez qu'à parler; ie vous aurois sans doute,
Espargné tous les soins que ce projet vous couste.

LELIE.

Quoy? vous la connoissez?

ANDRES.

C'est moy, qui maintenant
Viens de la racheter.

LELIE.

O! discours surprenant!

ANDRES.

Sa santé de partir ne nous pouuant permettre,
Au logis que voila ie venois de la mettre;
Et ie suis tres-rauy dans cette occasion,
Que vous m'ayez instruit de vostre intention.

LELIE.

Quoy? i'obtiendrois de vous le bonheur que i'espere?
Vous pourriez?......

ANDRES.

Tout à l'heure on va vous satisfaire.

LELIE.

Que pourray-ie vous dire? & quel remerciment?....

ANDRES.

Non, ne m'en faites point, ie n'en veux nullement.

SCENE V.

MASCARILLE, LELIE, ANDRES.

MASCARILLE.

ET bien ! ne voila pas mon enragé de maistre!
Il nous va faire encor quelque nouueau bissestre.

LELIE.

Sous ce crotesque habit, qui l'auroit reconnu ?
Aproche, Mascarille, & sois le bien venu.

MASCARILLE.

Moy souis ein chant honneur, moy non point Maquerille,
Chay point fentre chamais le fame ny le fille.

LELIE.

Le plaisant baragoüin ! il est bon, sur ma foy.

MASCARILLE.

Alle fous pourmener, sans toy rire te moy.

LELIE.

Va, va, leue le masque, & reconnoy ton maistre.

MASCARILLE.

Partieu, tiaple, mon foy iamais toy chay connoistre.

LELIE.

Tout est accommodé, ne te déguise point.

MASCARILLE.

Si toy point en aller, chay paille ein cou te point.

LELIE.

Ton iargon Allemand est superflu, te dis-ie;
Car nous sommes d'accord, & sa bonté m'oblige:
I'ay tout ce que mes vœux luy pouuoient demander,
Et tu n'as pas sujet de rien aprehender.

MASCARILLE.

Si vous estes d'accord par vn bonheur extréme,
Ie me dessuisse donc, & redeuiens moy-mesme.

ANDRES.

Ce valet vous seruoit auec beaucoup de feu;
Mais ie reuiens à vous, demeurez quelque peu.

LELIE.

Et bien, que diras-tu?

MASCARILLE.

Que i'ay l'ame rauie,
De voir d'vn beau succez nostre peine suiuie.

LELIE.

Tu faignois à sortir de ton déguisement?
Et ne pouuois me croire en cét éuenement.

MASCARILLE.

Comme ie vous connois, i'estois dans l'épouuante,
Et treuue l'auanture aussi fort surprenante.

LELIE.

Mais, confesse qu'enfin, c'est auoir fait beaucoup;
Au moins, i'ay reparé mes fautes à ce coup,
Et i'auray cét honneur d'auoir finy l'ouurage.

MASCARILLE.

Soit, vous aurez esté bien plus heureux que sage.

SCENE VI.

CELIE, MASCARILLE, LELIE, ANDRES.

ANDRES.

N'Est-ce pas la l'objet dont vous m'auez parlé?

LELIE.

Ah! quel bonheur au mien pourroit estre égalé!

ANDRES.

Il est vray, d'vn bien fait ie vous suis redeuable,
Si ie ne l'auoüois, ie serois condamnable:
Mais enfin, ce bien-fait auroit trop de rigueur,
S'il falloit le payer aux dépens de mon cœur;
Iugez donc le transport ou sa beauté me iette,
Si ie dois à ce prix vous acquiter ma dette;
Vous estes genereux, vous ne le voudriez pas,
Adieu pour quelques iours, retournons sur nos pas.

MASCARILLE.

Ie ris, & toutefois ie n'en ay guere enuie,
Vous voila bien d'accord, il vous donne Celie.
Et...... Vous m'entendez bien.

LELIE.

C'est trop, ie ne veux plus
Te demander pour moy de secours superflus;
Ie suis vn chien, vn traistre, vn bourreau detestable!
Indigne d'aucun soin, de rien faire incapable.
Va, cesse tes efforts pour vn malencontreux,
Qui ne sçauroit souffrir que l'on le rende heureux!
Apres tant de malheurs, apres mon imprudence,
Le trespas me doit seul prester son assistance.

MASCARILLE.

Voila le vray moyen d'acheuer son destin;
Il ne luy manque plus que de mourir, enfin,
Pour le couronnement de toutes ses sottises;
Mais en vain son dépit pour ses fautes commises,
Luy fait licencier mes soins & mon appuy;
Ie veux, quoy qu'il en soit, le seruir malgré luy,
Et dessus son lutin obtenir la victoire:
Plus l'obstacle est puissant, plus on reçoit de gloire,
Et les difficultez dont on est combattu,
Sont les dames d'atour qui parent la vertu.

SCENE VII.

MASCARILLE, CELIE.

CELIE

QVoy que tu vueilles dire, & que l'on se propose,
De ce retardement i'attens fort peu de chose;
Ce qu'on voit de succez peut bien persuader,
Qu'ils ne sont pas encor fort prés de s'accorder,
Et ie t'ay desia dit qu'vn cœur comme le nostre,
Ne voudroit pas pour l'vn faire iniustice à l'autre;
Et que tres-fortement, par de differents nœuds,
Ie me trouue attachée au party de tous deux:
Si Lelie a pour luy l'amour & sa puissance,
Andres pour son partage a la reconnoissance,
Qui ne souffrira point que mes pensers secrets,
Consultent iamais rien contre ses interests:
Ouy, s'il ne peut auoir plus de place en mon ame,
Si le don de mon cœur ne couronne sa flâme,
Au moins, dois-ie ce prix à ce qu'il fait pour moy,
De n'en choisir point d'autre au mépris de sa foy,
Et de faire à mes vœux autant de violence,
Que i'en fais aux desirs qu'il met en éuidence:
Sus ces difficultez qu'oppose mon deuoir,
Iuge ce que tu peux te permettre d'espoir.

MASCARILLE

Ce sont, à dire vray, de tres-fâcheux obstacles,
Et ie ne sçay point l'art de faire des miracles:

Mais ie vais employer mes efforts plus puissants;
Remuer terre & Ciel, m'y prendre de tout sens,
Pour tascher de trouuer vn biais salutaire;
Et vous diray bien-tost ce qui se pourra faire.

SCENE VIII.

CELIE, HYPOLITE.

HYPOLITE.

Depuis vostre seiour, les Dames de ces lieux,
Se plaignent iustemẽt des larcins de vos yeux;
Si vous leur dérobez leurs conquestes plus belles,
Et de tous leurs Amants faites des infidelles.
Il n'est guere de cœurs qui puissent échapper
Aux traits, dont à l'abord vous sçauez les frapper;
Et mille libertez à vos chaînes offertes,
Semblent vous enrichir chaque iour de nos pertes?
Quant à moy, toutefois ie ne me plaindrois pas,
Du pouuoir absolu de vos rares appas;
Si lors que mes Amants sont deuenus les vostres,
Vn seul m'eust consolé de la perte des autres:
Mais qu'inhumainement vous me les ostiez tous,
C'est vn dur procedé, dont ie me plains à vous.

CELIE.

Voila d'vn air galand faire vne raillerie;
Mais, épargnez vn peu celle qui vous en prie?

Vos

Vos yeux, vos propres yeux, se cõnoissent trop bien,
Pour pouuoir de ma part redouter iamais rien ;
Ils sont fort asseurez du pouuoir de leurs charmes,
Et ne prendront iamais de pareilles allarmes.

HYPOLITE.

Pourtant, en ce discours ie n'ay rien auancé,
Qui dans tous les esprits ne soit desia passé ;
Et, sans parler du reste, on sçait bien que Celie
A causé des desirs à Leandre & Lelie.

CELIE.

Ie croy, qu'estant tombez dans cét aueuglement ;
Vous vous consoleriez de leur perte aisément,
Et trouueriez pour vous l'amant peu souhaitable,
Qui d'vn si mauuais choix se trouueroit capable.

HYPOLITE.

Au contraire, i'agis d'vn air tout different,
Et trouue en vos beautez vn merite si grand ;
I'y voy tant de raisons capables de deffendre
L'inconstance de ceux qui s'en laissent surprendre,
Que ie ne puis blâmer la nouueauté des feux,
Dont enuers moy Leandre a pariuré ses vœux ;
Et le vay voir tantost, sans haine & sans colere,
Ramené sous mes loix par le pouuoir d'vn pere.

SCENE IX.

MASCARILLE, CELIE, HYPOLITE.

MASCARILLE.

GRande! grande nouuelle, & ſuccez ſurprenant!
Que ma bouche vous vient annoncer maintenant.

CELIE.

Qu'eſt-ce donc?

MASCARILLE.

Eſcoutez, voicy ſans flatterie.....

CELIE.

Quoy?

MASCARILLE.

La fin d'vne vraye & pure Comedie;
La vieille Egyptienne à l'heure meſme......

CELIE.

Et bien?

MASCARILLE.

Paſſoit dedans la place, & ne ſongeoit à rien,
Alors qu'vne autre vieille aſſez defigurée,
L'ayant de prés, au nez, long-temps conſiderée;
Par vn bruit enroüé de mots iniurieux,
A donné le ſignal d'vn combat furieux:

Qui pour armes, pourtant, mousquets, dagues, ou flèches,
Ne faisoit voir en l'air que quatre griffes seches;
Dont ces deux combattans s'efforçoient d'arracher,
Ce peu que sur leurs os les ans laissent de chair:
On n'entend que ces mots, chienne, louue, bagace;
D'abord leurs scoffions ont volé par la place,
Et laissant voir à nud deux testes sans cheueux,
Ont rendu le combat risiblement affreux.
Andres, & Trufaldin, à l'éclat du murmure,
Ainsi que force monde, accourus d'aduanture,
Ont, à les décharpir, eu de la peine assez,
Tant leurs esprits estoient par la fureur poussez;
Cependant que chacune apres cette tempeste,
Songe à cacher aux yeux la honte de sa teste,
Et que l'on veut sçauoir qui causoit cette humeur,
Celle qui la premiere auoit fait la rumeur,
Malgré la passion dont elle estoit émeuë,
Ayant sur Trufaldin tenu long-temps la veuë;
C'est vous, si quelque erreur n'abuse icy mes yeux,
Qu'on m'a dit qui viuiez inconnu dans ces lieux,
A-t'elle dit tout haut, ô! rencontre opportune!
Ouy, Seigneur Zanobio Ruberty, la fortune
Me fait vous reconnoistre, & dãs le mesme instant,
Que pour vostre interest ie me tourmentois tant:
Lors que Naples vous vit quitter vostre famille,
I'auois, vous le sçauez, en mes mains vostre fille,
Dont i'éleuois l'enfance, & qui par mille traits,
Faisoit voir dés quatre ans sa grace & ses attraits;
Celle que vous voyez, cette infame sorciere,
Dedans nostre maison se rendant familiere,
Me vola ce thresor. Helas! de ce malheur
Vostre femme, ie croy, conçeut dant de douleur,

Que cela seruit fort pour auancer sa vie :
Si bien qu'entre mes mains cette fille rauie,
Me faisant redouter vn reproche fâcheux,
Ie vous fis annoncer la mort de toutes deux :
Mais il faut maintenant, puisque ie l'ay connuë,
Qu'elle fasse sçauoir ce qu'elle est deuenuë ;
Au nom de Zanobio Ruberty, que sa voix,
Pendant tout ce recit repetoit plusieurs fois :
Andres, ayant changé quelque temps de visage,
A Trufaldin surpris, a tenu ce langage.
Quoy donc! le Ciel me fait trouuer heureusement,
Celuy que iusqu'icy i'ay cherché vainement!
Et que i'auois pû voir, sans pourtant reconnoistre
La source de mon sang, & l'autheur de mon estre!
Ouy, mon pere, ie suis Horace vostre fils,
D'Albert qui me gardoit les iours estant finis,
Me sentant naistre au cœur d'autres inquietudes,
Ie sortis de Bologne, & quittant mes estudes,
Portay durant six ans mes pas en diuers lieux,
Selon que me poussoit vn desir curieux ;
Pourtant, apres ce temps, vne secrette enuie
Me pressa de reuoir les miens, & ma patrie ;
Mais dans Naples, helas! ie ne vous trouuay plus,
Et n'y sçeus vostre sort que par des bruits confus :
Si bien, qu'à vostre queste ayant perdu mes peines,
Venise pour vn temps borna mes courses vaines ;
Et i'ay vescu depuis, sans que de ma maison,
I'eusse d'autres clartez que d'en sçauoir le nom.
Ie vous laisse à iuger, si pendant ces affaires,
Trufaldin ressentoit des transports ordinaires.
Enfin, pour retrancher ce que plus a loisir,
Vous aurez le moyen de vous faire éclaircir,
Par la confession de vostre Egyptienne,
Trufaldin maintenant vous reconnoist pour sienne;

Andres est vostre frere, & comme de sa sœur
Il ne peut plus songer à se voir possesseur,
Vne obligation qu'il pretend reconnoistre,
A fait qu'il vous obtient pour épouse à mõ maistre;
Dont le pere témoin de tout l'euenement,
Donne à cette himenée vn plain consentement;
Et pour mettre vne ioye entiere en sa famille,
Pour le nouuel Horace a proposé sa fille.
Voyez que d'incidens à la fois enfantez.

CELIE.

Ie demeure immobile à tant de nouueautez.

MASCARILLE.

Tous viennent sur mes pas, hors les deux championnes,
Qui du combat encor remettent leurs personnes:
Leandre est de la troupe, & vostre pere aussi:
Moy, ie vais aduertir mon maistre de cecy;
Et que lors qu'à ses vœux on croit le plus d'obstacle,
Le Ciel en sa faueur produit comme vn miracle.

HYPOLITE.

Vn tel rauissement rend mes esprits confus,
Que pour mon propre sort ie n'en aurois pas plus.
Mais les voicy venir.

SCENE X.

TRVFALDIN, ANSELME, PANDOLFE, ANDRES, CELIE, HYPOLITE.

TRVFALDIN.

AH ! ma fille.

CELIE.

Ah ! mon pere.

TRVFALDIN.

Sçais-tu desia comment le Ciel nous est prospere ?

CELIE.

Ie viens d'entendre icy ce succez merueilleux.

HYPOLITE *à Leandre.*

En vain vous parleriez pour excuser vos feux,
Si i'ay deuant les yeux ce que vous pouuez dire.

LEANDRES.

Vn genereux pardon est ce que ie desire;
Mais i'atteste les Cieux, qu'en ce retour soudain
Mon pere fait bien moins que mon propre dessein.

ANDRES *à Celie.*

Quil'auroit iamais crû que cette ardeur si pure,
Peust estre condamnée vn iour par la nature ?

Toutefois, tant d'honneur la sçeut tousiours regir,
Qu'en y changeant fort peu, ie puis la retenir.

CELIE.

Pour moy, ie me blasmois, & croyois faire faute,
Quād ie n'auois pour vous qu'vne estime tres-haute;
Ie ne pouuois sçauoir quel obstacle puissant
M'arrrestoit sur vn pas si doux & si glissant,
Et destournoit mon cœur de l'adueu d'vne flâme,
Que mes sens s'efforçoient d'introduire en mon ame.

TRVFALDIN.

Mais en te recouurant, que diras-tu de moy?
Si ie songe aussi-tost à me priuer de toy?
Et t'engage à son fils sous les loix d'himenée?

CELIE.

Que de vous maintenant dépend ma destinée.

SCENE XI.

TRVFALDIN, MASCARILLE, LELIE, ANSELME, PANDOLFE, CELIE, ANDRES, HYPOLITE, LEANDRE.

MASCARILLE.

VOyons si vostre diable aura bien le pouuoir
De détruire à ce coup vn si solide espoir ;
Et si contre l'excez du bien qui vous arriue,
Vous armerez encor vostre imaginatiue.
Par vn coup impreueu des destins les plus doux,
Vos vœux sont couronnez, & Celie est à vous.

LELIE.

Croiray-ie que du Ciel la puissance absoluë?......

TRVFALDIN.

Ouy, mon gendre, il est vray.

PANDOLFE.

La chose est resoluë.

ANDRES.

Ie m'acquitte par là de ce que ie vous dois.

LELIE *à Mascarille.*

Il faut que ie t'embrasse & mille & mille fois,
Dans cette ioye......

MASCARILLE.

Ahi, ahi, doucement, ie vous prie,
Il m'a presque estouffé, ie crains fort pour Celie.
Si vous la caressez auec tant de transport:
De vos embrassemens on se passeroit fort.

TRVFALDIN *à Lelie.*

Vous sçauez le bonheur que le Ciel me renuoye;
Mais puis qu'vn mesme iour nous met tous dans la ioye,
Ne nous separons point qu'il ne soit terminé,
Et que son pere aussi nous soit viste amené.

MASCARILLE.

Vous voila tous pourueus; n'est-il point quelque fille,
Qui pust accommoder le pauure Mascarille;
A voir chacun se ioindre à sa chacune icy,
I'ay des demangeaisons de mariage aussi.

ANSELME.

I'ay ton fait.

MASCARILLE.

Allons donc; & que les Cieux prosperes
Nous donnent des enfans dõt nous soyons les peres.

FIN.

Extrait du Priuilege du Roy.

PAR Grace & Priuilege du Roy, donné à Paris, le dernier iour de May 1660. Signé le IVGE; Il eſt permis au Sieur MOLIER de faire imprimer vne Piece de Theatre par luy compoſée, intitulée *L'Eſtourdy, ou les Contretemps*, pendant l'eſpace de cinq années, à commencer du iour que ledit Liure ſera acheué d'imprimer: Et deffences ſont faites à tous autres de l'imprimer, ainſi qu'il eſt porté plus amplement par ledit Priuilege.

Et ledit Sieur MOLIER a cedé & tranſporté ſon droict de Priuilege à CLAVDE BARBIN & GABRIEL QVINET, Marchands Libraires à Paris, pour en ioüir le temps porté par iceluy.

Acheué d'imprimer pour la premiere fois, le vingt & vn Nouembre 1662.

Regiſtré ſur le Liure de la Communauté, le 27. Octobre 1662.

Signé DVBRAY, Syndic.

Les Exemplaires ont eſté fournis.

www.ingramcontent.com/pod-product-compliance
Lightning Source LLC
LaVergne TN
LVHW012017220826
846092LV00001B/381

* 9 7 8 2 3 2 9 7 7 2 8 8 2 *